A ARTE DE TORRAR CAFÉ

Ronaldo Correia de Brito

A arte de torrar café
Narrativas além da ficção

Copyright © 2020 by Ronaldo Correia de Brito

Grafia atualizada segundo o Acordo Ortográfico da Língua Portuguesa de 1990, que entrou em vigor no Brasil em 2009.

Capa
Daniel Trench

Preparação
André Marinho

Revisão
Marina Nogueira
Luciane H. Gomide

Os personagens e as situações desta obra são reais apenas no universo da ficção; não se referem a pessoas e fatos concretos, e não emitem opinião sobre eles.

Dados Internacionais de Catalogação na Publicação (CIP)
(Câmara Brasileira do Livro, SP, Brasil)

Brito, Ronaldo Correia de
  A arte de torrar café : Narrativas além da ficção / Ronaldo Correia de Brito. — 1ª ed. — Rio de Janeiro : Objetiva, 2020.

  ISBN 978-85-470-0106-3

  1. Crônicas brasileiras I. Título.

20-33649   CDD-B869.8

Índice para catálogo sistemático:
1. Crônicas : Literatura brasileira   B869.8

Cibele Maria Dias – Bibliotecária – CRB-8/9427

[2020]
Todos os direitos desta edição reservados à
EDITORA SCHWARCZ S.A.
Praça Floriano, 19, sala 3001 — Cinelândia
20031-050 — Rio de Janeiro — RJ
Telefone: (21) 3993-7510
www.companhiadasletras.com.br
www.blogdacompanhia.com.br
facebook.com/editoraobjetiva
instagram.com/editora_objetiva
twitter.com/edobjetiva

Sumário

Nota do autor 9

A arte de torrar café 11
Assim na terra como no céu 14
Assombração de Carnaval 18
Amanhecer nas pontes 22
Conversa com o artista que vai morrer 26
A caminho de Juazeiro 30
Livros e bibliotecas 34
Eles estão chegando para ficar 37
O dia em que Ariano Suassuna caiu 41
Em Lisboa escutei falarem em português 45
Histórias de fadas 49
Linhas de força 53
Excelsior Cabaré 57
No trânsito 61
O rifle e a lança 65
Os trabalhos e as horas 69
Porto Velho, puro mormaço 73

Recife tão Síria tão Iraque	77
Susana e o judeu errante	81
Ode aos irmãos Aniceto	85
Ninguém escapa aos invejosos	89
Onde vou me esconder?	92
Meninos espartanos do Brasil	96
Guimarães Rosa e o amor entre dois homens	100
Baccaro entre goles de café	103
Sob camadas de esquecimento	106
Noite de são João	109
Trabalhoso não é morrer	112
Compram bolsas Louis Vuitton e não compram livros	115
A sensibilidade artística pode ser uma bênção	118
Ponha fogo no mundo	121
Ciladas do Carnaval	124
As palavras que brotam	127
Crônica para as mães	131
Se não fosse tão cansativo	134
Uma crise sem nome	137
Pobreza, mediocridade e bocejos	140
Milonga de Cândido Pinto	143
O ano em que torci contra a Seleção Brasileira	146
Os eleitores vinham às carradas	149
Brigam Espanha e Portugal no sertão cearense	152
Visão da praça de Maio	155
E por falar em viagem	158
Admirável mundo virtual	161
Outra revolução	165
A África mudou-se para a França	168
Guerra é guerra	171
Neymar e o adolescente catatônico	174

Não quero ver porque dói 177
A carne vai e todos seguem atrás dela 180
Só os nomes fazem sonhar 183
O café esfriou na xícara 186
O bobo que mora em nós 189
Adeus, Guita Charifker 192
As fadas do Natal cratense 197

Nota do autor

Na viagem ao lugar onde nasci, rumino perguntas e recebo uma única resposta, a de que no sertão ainda semeiam palavras, poucas, de preferência nas pedras. Anoto que o Recife tornou-se parecido com o Iraque e a Síria bombardeados, se fragmenta como as tabuinhas de Gilgamesh. Encontro a África no quartier de la Goutte d'Or, em Paris, e também as transformações do Velho Mundo. Em Buenos Aires, na praça de Maio, imploro que me apontem o sul, o charco escuro e o homem acossado por milicos. Cego de beleza, recordo os versos de Rilke: pois que é o Belo senão o grau do terrível que ainda suportamos? Novamente no Recife, me assombro com três mulheres negras e velhas bebendo cachaça numa casa em ruínas, no Pátio do Terço.

    Espreito, olho, me aproximo, cheiro, sinto, me transtorno, sempre de caderno e lápis na mão, muitos cadernos, de vários tamanhos para tudo anotar e quase nada perder. Método antigo, encher papéis com palavras e miragens. Importa que os rabiscos virem narrativas, nunca se sabe o alcance do que vivemos, no que se transformará uma simples frase. E que não se rompa o vínculo com a história nem se deixe o relato partir, pois, se isso acontecer, seremos projetados para fora do tempo.

Os 55 textos de *A arte de torrar café* não são apenas crônicas ou ensaios, resenhas ou contos curtos, embora pareçam tudo isso. Prefiro chamá-los apenas de narrativas, o que escrevi sem o intuito de fazer ficção. Nos dois primeiros livros, *Faca* e *Livro dos homens*, já assumira o gosto de narrar, numa escrita em que fosse possível reconhecer a linguagem no processo de tornar-se literatura. Depois do romance *Dora sem véu*, selecionei um pouco do que havia publicado ao longo de vinte anos na revista *Continente*, na *Terra Magazine* — editada por Bob Fernandes —, no jornal *O Povo* e no meu blog. Precisei da ajuda dos amigos Assis Lima e Cristhiano Aguiar, e da cuidadosa edição de Marcelo Ferroni.

Procurei alcançar, como Manuel Bandeira, um "sentimento íntimo do país", e mesmo quando visito outras geografias é no Brasil que estou e é a partir dele que falo. Recife, Crato, Inhamuns, Cariri cearense, São Paulo, Porto Velho, o mundo, artistas, intelectuais e pessoas simples do povo me fazem pensar sobre a nossa experiência social. Sobretudo agora, quando o arcabouço dessa construção de séculos parece ruir.

Ronaldo Correia de Brito, dezembro de 2019

A arte de torrar café

Já não existe a profissão de torradeira de café. Ninguém mais escuta falar nessas mulheres que trabalhavam nas casas de família, em dias agendados com bastante antecedência. As profissionais famosas pela qualidade do serviço nunca tinham hora livre. Cobravam caro e só atendiam freguesas antigas. Não era qualquer uma que sabia dar o ponto certo da torrefação, reconhecer o instante exato em que os grãos precisavam ser retirados do fogo. Um minuto a mais e o café ficava queimado e amargo. Um minuto a menos e ficava cru, com sabor travoso. Para tudo existe um ponto certo, diziam orgulhosas do ofício, mexendo as sementes no caco de barro escuro, a colher de pau dançando na mão bem treinada, o fogo aceso na temperatura exata.

Muitos profissionais se especializavam na ciência de pôr um fim: os que mexiam a cocada no tacho de cobre, os que fabricavam o sabão caseiro de gorduras e vísceras animais, os que escaldavam a coalhada para o queijo prensado, os que assavam as castanhas. Nos terreiros de candomblé, onde se tocam para os orixás e caboclos, os iniciados sentem o ponto de atuação, o transe que faz o santo descer e encarnar no seu cavalo.

Nenhum movimento é mais complexo que o de finalizar. Nele, estão contidos o desapego e a separação, o sentimento de perda e morte. Sherazade contou suas histórias durante mil e uma noites, barganhando com o esposo e algoz Sheriar o direito de continuar vivendo e narrando. Mil noites é um número finito. O acréscimo de uma unidade ao numeral mil tornou-o infinito. Mil e uma noites se estendem pela eternidade. Sobrepondo narrativas, entremeando-as com novos contos, abrindo veredas de histórias que se bifurcam noutras, mantendo os enredos num contínuo com pausas diurnas, sem o ponto final, Sherazade adiou o término e a morte. De maneira análoga, Penélope tecia um manto sem nunca acabá-lo, acrescentando pontos durante o dia e desfazendo-os à noite. Também postergava o momento de findar.

J.M. Coetzee queixa-se do peso dos romances, do esforço de carregar durante meses personagens que vergam suas costas e o aniquilam. William Faulkner refere a ligeireza com que os personagens passam por ele, céleres, precisando de uma atenção permanente para não perdê-los na fuga. Uma artesã do barro de Juazeiro do Norte chora quando proponho comprar a cerâmica representando uma mulher com muletas, uma criança no peito, o feixe de lenha na cabeça. Conta a história que representou naquela peça simples, sente pena de separar-se de sua criatura. O xilogravador Gilvan Samico me apresenta os mais de cem estudos e as provas de autor até chegar à gravura definitiva. Olha para os lados e me confessa que se pudesse não venderia nenhuma das impressões. Confessa os dias de horror vividos até chegar ao instante em que se decide pela prova definitiva, quando o trabalho é considerado concluído e o criador experimenta a estranheza diante do que não mais lhe pertence.

Qual o valor do tirano Sheriar, comparado à narrativa que liberta a esposa Sherazade da morte? Talvez apenas o de ser o pretexto para o mar de histórias que a jovem narra ao longo de mil e uma noites. E o que se segue a esse imaginário fim? O que ocupa a milésima segunda noite, supostamente sem narrativas? Eis a pergunta que todos os criadores se fazem. O que se seguirá ao grande vazio? Deus descansou no sétimo dia após sua criação. O artista descansa, ou apenas se angustia pensando se a criatura que pôs no mundo está verdadeiramente pronta, no ponto exato de um grão de café torrado por uma mestra exímia?

Afirmam que a flecha disparada pelo arqueiro zen vai sozinha à procura do alvo. Num estado de absoluta concentração, arqueiro, arco, flecha e alvo se desprendem da energia do movimento e alcançam o ponto exato. Anos de exercício levam ao disparo perfeito. O escritor trabalha com personagens que o obsedam, alguns chegando a cavalgá-lo como os santos do candomblé. Sonha os sonhos do outro, numa entrega do próprio inconsciente à criação. Enquanto se afoga em paixões, com a mão direita tenta manter-se na superfície e salvar-se, com a mão esquerda anota frases sobre ruínas. Busca a técnica exata de um arqueiro zen, a perícia de uma torradeira de café. Dialoga com a morte como Sherazade, mantém a respiração suspensa, negocia adiamentos e escreve.

Num dia qualquer, sem que nada espere e sem compreender o que acontece à sua volta, um editor arranca papéis inacabados de sua mão.

Para Marcelo Ferroni

Assim na terra como no céu

Em Recife, o calor de dezembro transforma a cidade num jardim de acácias, ipês, caraibeiras, flamboyants, jasmineiros e espatódeas. São as nossas árvores de Natal, enfeitadas com flores naturais. Mangueiras e cajueiros se carregam de frutos em gradações de vermelho, amarelo e verde, pingentes mais bonitos do que os fabricados na China. E se você contempla o que sobrou da Mata Atlântica, descobre tons prateados nas folhas novas das embaúbas e os frutos dos visgueiros, pendurados em longas embiras, que descem da copa plana parecendo um sombreiro. Tudo tão preciosamente disposto, num requinte estético que nenhum decorador natalino alcançaria.

Pena que nossas florações durem pouco, explodam e desapareçam ligeiro como um pôr de sol. É a marca dos trópicos, o amadurecimento precoce. Talvez não suportássemos tanta exuberância prolongada, o êxtase esgotaria nossos sentidos. Vivemos numa luminosidade contínua, que expõe imagens, excita e nos acelera. Fomos educados no amor por essa luz feérica, não apreciamos a sombra e o silêncio, o que se resguarda e aquieta. Levamos a sério demais a afirmação de Plínio, o Velho, de que encarar a luz é a coisa mais aprazível para os mortais, e o que está sob a terra é nada. Nossa natureza solar, diurna, prevaleceu sobre os influxos lunares, noturnos. Parecemos conhecer apenas a vida, embora o sol se ponha toda noite, acenando aos homens com a morte.

No mês de dezembro caíam as primeiras chuvas no sertão, as temperaturas baixavam, e um esboço de recolhimento prenunciava o Natal. Homens arrancavam a mandioca nos roçados, lavavam para retirar a terra, punham de molho em potes, esperavam durante três dias que ela fermentasse, descascavam, peneiravam em urupemas grandes, despejavam num saco de fiação estreita e lavavam novamente até sair a goma. Dessa maneira ficava pronta a massa puba. Mulheres faziam bolinhos da massa escorrida — carimãs — e deixavam secando ao sol. Guardadas, elas duravam meses por conta da ausência de umidade na aridez sertaneja. Na véspera da Noite de Festas, desmanchavam-se as carimãs em leite ou água e se aprontavam bolos. Assados em fornos de tijolo refratário, construídos no quintal das casas, eram o maior requinte do banquete natalino, que também tinha sequilhos, pães de ló de goma, manzape, manuê, galinha assada e aluá.

A magia culinária de substituição dos ingredientes não ganhou adeptos apenas nas casas-grandes dos engenhos. No sertão, ela também operou seus milagres. Amendoim e rapadura entraram na receita do arroz-doce, no lugar de coco e açúcar. Uma extravagante mistura à base de gergelim torrado e pilado, farinha de mandioca, melaço e pimenta-do-reino moída virou nosso doce de gergelim. Mais exótico do que ele, apenas o que batizamos por chouriço. Não se trata de um embutido salgado, mas de um doce produzido com sangue de porco, farinha de mandioca, pimenta-do-reino, rapadura, castanha-de-caju ou amendoim torrado e banha de porco. Raridade culinária pouco lembrada e menos ainda degustada em tempos de dieta vegana.

Numa grande tigela de barro se batiam os noventa ou cem ovos dos pães de ló natalinos da minha avó paterna. No lugar da farinha de trigo, a goma seca e alva, armazenada em malas de couro cru. Media-se a riqueza de uma noite de festas pelos bolos assados. Em Pernambuco, as senhoras gastavam gemas, manteiga e coco nos bolos Souza Leão, quindins e bombocados. A festa natalina consistia em receber a visita dos parentes e afilhados, oferecer presentes e comida. Podia ter a Missa do Galo, pastoril ou lapinha, reisado, cavalo-marinho ou boi de reis, as louvações ao nascimento de um menino, que prosseguiam até o dia 6 de janeiro, quando o ciclo se fechava. Tudo sem exageros de luz ou barulho. Reinava o silêncio, ou as vozes cantando e declamando loas simples, vindas da Ibéria, ou de mais longe do oriente árabe e hebreu, e até de reminiscências egípcias e sumérias.

Senhora dona da casa
passe o pente em seu cabelo
que do céu já vêm caindo
pingos de água de cheiro.

Caíam as chuvas de dezembro, tão promissoras. Apenas minha avó materna punha-se triste porque se molhava a lã nos pés de ciumeira, estragando a matéria-prima com que ela fabricava os bichinhos da lapinha: carneiros, boizinhos, cabras e camelos. Modesto artesanato de mãos calosas, em tardes de ócio, em meio às lembranças das cantigas que as pastoras entoavam na frente dos presépios, nas suas representações.

Ai, ai, que dor na minha alma
de ver o Menino deitado nas palhas.

Queixavam-se as meninas pastorinhas. E nos cordões de reisados, formados pelas corporações de ofício dos engenhos de rapadura, homens e meninos suplicavam:

Abra a porta, gente
que eu venho ferido
pela falsidade tão grande
dos meus inimigos.

E as mesmas vozes, consolando, respondiam:

Se tu vens ferido
chega pra dentro
sangue do meu peito, jorrando
serve de alimento.

As portas se abriam, comidas eram servidas, trocavam-se abraços, louvava-se o sagrado. A areia prateada e a purpurina das flores, nos altares, brilhavam esplendorosas. Lá fora, nos terreiros e quintais, os frutos maduros desabavam das árvores com estrépito. Pingos de chuva desciam do céu sobre a terra, encharcavam o solo e enchiam os barreiros e os açudes com a mesma fartura das mesas. Recolhido, o silêncio nem se dava conta de que as cantorias e os vivas inundavam os espaços da morada.

Essa casa é bonita é bem-feita,
com muito gosto mostra uma barra amarela.
Essa casa é coberta com um véu,
meu Deus do céu, quem será o dono dela?

Assombração de Carnaval

Ninguém mais se refere à porta sul do Recife, antiga entrada da cidade para quem vinha do continente. Lugares mudam os nomes, são esquecidos e apagados da história, sofrem demolições ou se transformam por conta de reformas, quase sempre equivocadas. A Casa de Badia, no Pátio do Terço, foi erguida num espaço onde se presenciou a resistência à presença holandesa, a execução de Frei Caneca, os movimentos abolicionistas e os avanços da belle époque, que tantos estragos causaram nas fachadas dos sobrados e na vida de nossa gente. Assimilou-se definitivamente a cultura ocidental, tornando irreconhecível o que no começo era apenas uma ilha estreita, "metade roubada ao mar, metade à imaginação", brotada entre águas de rio e oceano, onde pescadores e navegantes se arranchavam.

Não desejo me deter em lembranças da cidade Maurícia, que num curto tempo de 24 anos se abriu ao comércio, ficou cosmopolita, falava idiomas da Europa e de outros lugares do mundo, ganhou prédios, pontes e saneamento, conheceu relativa liberdade de culto, recebeu judeus que fundaram a primeira sinagoga das Américas e viviam fora de guetos ou judiarias. Nem ressaltar o

Recife inventado por Gilberto Freyre, Joaquim Cardoso e Ariano Suassuna. Meu interesse sempre foi pelo Recife caribenho, carnavalesco, dos cultos afros, um quilombo urbano sobrevivendo à desigualdade social, ao preconceito e à repressão. Na casa de Maria de Lourdes da Silva eu vi a cena estranha. À beira da morte, Badia ainda costurava para clubes, blocos, troças e escolas de samba do Carnaval recifense, recebia agremiações em sua casa, nos dias de festa. O Pátio do Terço concentrou a maior população negra da cidade, até a década de quarenta do século passado, tornando-se um polo que irradiava a cultura e a religião das nações africanas.

Vi mesmo ou apenas sonhei? Lembro de ter encostado o flabelo em forma de máscara, que ajudei a confeccionar, numa das paredes altas da casa, o telhado a perder de vista. Sentia-me exausto após percorrer ruas e becos à frente do bloco, carregando o abre-alas. Na época, não conhecia a mulher que franqueava suas portas ao Bloco da Saudade, ofertando mesa de frutas tropicais, água, refrescos, mungunzá, cocadas e bolos. Tudo de que os brincantes precisavam para recompor as forças gastas no desfile pelos bairros do Recife, Santo Antônio e São José.

— Essa é Badia — me falaram, quando ela passou com uma bandeja.
— Ah! — exclamei.
Olhei curioso a mulher num vestido estampado, recebendo os desconhecidos com a nobreza de uma grande dama. A casa velha ameaçava ruir, soterrando seu bocado de história. Havíamos entrado pelos fundos, numa espécie de pátio coberto ou terreiro. Imaginei que ali dentro se celebravam os orixás e, um pouco mais adiante, na igreja de Nossa Senhora do Terço, os santos do catolicismo.

— Posso percorrer a casa? — perguntei ao diretor do bloco.
— Acho melhor não.

Se ele tivesse insistido para que eu entrasse, desvelando portas, cômodos e os mistérios que eu imaginava existirem lá dentro, em meio às relíquias de uma África salva do cativeiro, talvez eu me contivesse entre fatias de abacaxi e bananas, risadas bêbadas e acordes arrancados de bandolins e violões. Mas a proibição me aguçou os sentidos, me empurrou à procura de experiências novas.

— Essa era a casa das tias Sinhá e Yayá, aonde Badia chegou recém-nascida, em 1915, trazida pelas duas pretas.

Cochichou em meu ouvido o diretor, que arranjara a recepção a troco de nada.

— Sei — disse, balançando a cabeça em sinal afirmativo, com vergonha de confessar minha ignorância sobre a história da cidade.

Pedi licença para me servir, rodeei a mesa e, sorrateiro, invadi o espaço sagrado.

Havia um corredor comprido, com estandartes e retratos emoldurados nas paredes, cadeiras capengas, portas e janelas semicerradas, interditando os olhares curiosos. Empurrei a janela de um quarto e descobri dois meninos, um branco e um negro, deitados. Aparentavam nove meses. Gordos e risonhos, se debatiam na cama, em meio aos lençóis. Achei que fossem gêmeos, apesar das cores diferentes de suas peles. Fiquei um tempo contemplando a aparição. Quem havia largado dois bebês desprotegidos, ao léu da velha casa? Pareciam tão brincalhões e travessos. Tinham provocado um susto no folião bisbilhoteiro. Botei para rir e saí de mansinho. Não havia álcool em minha pneuma, nada que me condenasse num teste de bafômetro.

Emburaquei casa adentro. Filtrados pelas paredes grossas, sons de marcha anunciavam que o bloco estava de partida. Pensei em retornar ao pátio, mas fora contaminado pelo desejo de vasculhar estranhezas. Mais estandartes e retratos antigos, precariamente iluminados por lâmpadas incandescentes, de poucos watts. Escutei vozes sussurradas e risinhos. Caminhei na direção de uma saleta e vi três mulheres em volta de uma mesinha redonda e de uma garrafa de cachaça. Bebiam em pequenos copos. Negras e velhas, vestiam blusas e saias longas, semelhando os trajes das mães de santo.

Olharam para mim sem surpresa.

— Quer? — me ofereceram a bebida.

— Obrigado, mas não bebo cachaça.

As três riram do meu acanhamento. Uma delas comentou:

— Não sabe o que perde.

Perco nuances de um Recife de belezas e armadilhas. Ao invés de abrir-me ao vento das marés e dos morros, fecho-me em silêncios contemplativos.

— Quem são os dois meninos na cama? — perguntei.

— Ah! Os meninos.

— O senhor viu?

— Vi.

Elas gargalharam alto e entornaram a bebida goela abaixo.

— Se o senhor viu é porque nem tudo está perdido.

E beberam mais cachaça, muitas talagadas, rindo descaradas do meu rosto surpreso, sem alcance para a felicidade que elas sentiam.

Amanhecer nas pontes

Às duas da madrugada ninguém conseguia determinar a intensidade e direção de um vetor de força, todos haviam apagado da memória as equações lineares de movimento e sentiam-se incapazes de lembrar o valor do número pi. Estudavam desde as vinte horas, no apartamento quente e sufocante de um colega de Teresina, na rua Barão de São Borja. Em torno, velhos casarões ainda se mantinham de pé, alguns com os azulejos portugueses exibindo sinais de vandalismo, saques para venda em antiquários inescrupulosos. Rua Velha, da Glória, do Progresso, das Ninfas, da Soledade, do Paissandu... A Boa Vista inteira ainda ocupada por moradores que não os de rua, no tempo exato de receber um projeto de reforma urbanística e de habitação, como o das cidades europeias, antes que viesse a sofrer a degradação de hoje.

Mil novecentos e sessenta e nove, um ano depois do ato institucional nº 5, quando assassinaram o padre Henrique e balearam o estudante de engenharia Cândido Pinto. Alheios a esses conflitos, os dois jovens cearenses e um piauiense, aspirantes ao curso de medicina, saíam para o Recife adormecido, ansiosos pela brisa marinha, que soprava na rua da Aurora. Os perigos? Viviam obcecados pelo vestibular, a primeira lei de Newton garantia que todo corpo continuaria em repouso ou em movimento uniforme numa linha reta, a menos que fosse obrigado a mudar esse estado por forças aplicadas sobre ele. Os três rapazes provincianos se moviam no sentido único de alcançar uma vaga, de preferência na Universidade Federal de Pernambuco. Nada os tirava do movimento uniforme, a não ser o Recife, deslumbrante aos olhos de quem nunca avistara pontes, rio, palacetes e igrejas com tamanha majestade e profusão.

    Descendo pela larga avenida Conde da Boa Vista, orgulho da cidade de becos, caminhando e cantando sem qualquer lembrança de Geraldo Vandré, escutando as vozes e os passos ecoando entre os edifícios, chegavam à esquina do cinema São Luiz, onde pescadores arriscavam a sorte com anzóis e redes. Os hippies da contracultura mangue só dariam os ares da graça lá pelo fim de tarde, ávidos de atenção e escândalo, provocando apenas a curiosidade, as pilhérias e o riso dos transeuntes comuns. Conhecidos e emblemáticos, repetiam-se nas seções do cinema de arte Coliseu, no Alto da Sé de Olinda, nos shows do Teatro do Parque, em vernissages de artistas plásticos, muitos naqueles anos de repressão.

    A margem do Capibaribe no Cais da Aurora — a San Francisco pernambucana — nunca mais foi a mesma sem a fauna embalada pelo toque desafinado de violões e o cheiro transgressor da maconha. Recife romântico dos crepúsculos das pontes, dos crepúsculos que assistiram à passagem dos fidalgos holandeses, que assistem agora aos movimentos das ruas tumultuosas, que assistirão mais tarde à passagem dos aviões para as costas do Pacífico, Recife romântico dos crepúsculos das pontes e da beleza católica do rio. Eu diria beleza caótica, corrigindo os versos de Joaquim Cardozo.

O primeiro elétrico para Casa Amarela, somente às cinco da manhã, com a cidade despertando. Depois de conversar besteiras com os pescadores e de recusar a cachaça bebida em latas, os dois cearenses seguiam para a avenida Guararapes, outro orgulho da metrópole, onde deitavam em bancos de cimento ou nas muretas que ladeavam o rio, esperando o sol e o elétrico.

A rotina incluía noites puxadas, felizmente bem poucas, porque o mais angustiado dos rapazes nunca fora madrugador nem via futuro nos excessos. Preferia acordar às cinco, estudar até o café da manhã, retomar os estudos até o almoço e, no começo da tarde, seguir caminhando para o cursinho na rua Fernandes Vieira. Depois do jantar, novo serão que não ultrapassava as dez horas. Ninguém é de ferro. O mais angustiado morava num edifício com lojas comerciais no térreo, e apartamentos minúsculos em dois andares acima. O prédio resiste de pé e sem benfeitorias, no cruzamento da avenida Norte com a João de Barros, sufocado pelos mesmos ruídos que abalavam os nervos. O som de carros, buzinas, vozes, e o de uma serraria com máquinas ligadas bem cedo, afugentava sono e sonhos. A cidade onde as marchas de bloco cantam a poesia das ruas prima pela estridência.

Comprimido com sete rapazes em dois quartinhos estreitos, uma sala, cozinha, banheiro e área de serviço, um traçado semelhante ao de Lars von Trier para o filme *Dogville*, sentia crescer a angústia. Eram todos gente do Ceará migrando de territórios amplos, à procura de um destino novo, já que o campo se esgotara de suas motivações e sobrevivência. Por sorte, nas ruas de Água Fria, Beberibe, Campo Grande, Bomba do Hemetério, Córrego do Euclides, Águas Compridas e Cajueiro, o Recife se espraiava grande, popular, dançante, ao toque das religiões africanas desprezadas pelos católicos e evangélicos.

Hostil e acolhedor, o Recife recebia levas de imigrantes a cada estiagem prolongada. Gente do Nordeste pobre. Sempre havia o consolo das águas poluídas do Capibaribe, uma palafita sobre a lama dos manguezais e caranguejos para chupar as patas. Na secura sertaneja, coisa nenhuma. E ficavam, uns procurando estudo, outros desejando emprego ou biscate, na convivência da cidade masculina, paterna, dura e reta, apesar das curvas sinuosas do rio e do traçado das pontes.

Conversa com o artista que vai morrer

— Posso confessar uma coisa? O que me mantém vivo é a gravura que produzo todo ano.

Cala porque se sente cansado. Fica exausto ao menor esforço, até mesmo o da fala. Nunca foi homem de muita conversa sobre a técnica de gravar e imprimir, nem explicava os resultados surpreendentes que alcançava. Recusou-se a ser um teórico da arte, os ensinamentos que arranquei dele me custaram esforço e paciência, como se garimpasse em mina de veio profundo. A doença deixou-o loquaz, os amigos ficavam surpresos com sua vontade repentina de falar.

Conversamos num espaço entre a sala de visitas — que nunca é usada, parecendo uma ágora muda com filas de cadeiras e uma marquesa de palhinha — e a sala de jantar, as duas separadas por um biombo de treliças.

A primeira sala não convida ao descanso. Na saleta, também não ficamos mais confortáveis, embora os donos da casa nos acolham bem. Arrumado numa poltrona, por conta de dores nas costas, com uma sonda renal, um saco coletor de urina e um cateter liofilizado em um dos braços, vez por outra se queixa. Velo o meu olhar clínico e finjo não perceber o quanto está anêmico, as escleras ictéricas, a barriga volumosa pela ascite. Em meio aos sinais da doença, a cada visita percebo uma nuança de beleza, que ele nunca tinha revelado e só agora deixa escapar.

— Tanto trabalho, tanta coisa por fazer e não tenho coragem para nada. Mal consigo assinar as gravuras.

— É assim mesmo, paciência.

Não costumo mentir com acenos de cura, respeito o homem à minha frente. Nas paredes da sala onde conversamos, a façanha de uma vida: dezenas de gravuras e pinturas a óleo.

— Gosto da cor na sua última gravura, um pouco mais acentuada. Também aprecio o número de figuras acima do habitual. Será que você tornou-se barroco?

Rio. Ele disfarça a dor e também ri.

— É, percebi isso. Foi espontâneo, nada pensado. Sempre tive medo de usar cor na gravura. A cor é apenas um sinal.

— Mas nessa economia se revela grandeza.

— Você está dizendo. Não vejo isso tudo.

Rimos novamente. Levanto e me aproximo de uma gravura, tiro os óculos para ver melhor de perto. Há quantos anos eu procuro desvendar os traços nascidos dos cortes na madeira, investigando conceitos de exatidão e economia? Certa vez ocupei uma sala na Pinacoteca do Estado de São Paulo — a última de cinco salas com exposição do artista —, mostrando apenas duas gravuras que se olhavam em espelho, e dois altares com as respectivas matrizes. O muito escondido no mínimo.

— Minha pintura é toda em primeiro plano, igual à gravura. Nunca soube criar planos de profundidade.

Ainda não cheguei nesse ponto da conversa, escutei a queixa uma centena de vezes. Detenho-me no silêncio criado pelos espaços sem gravar. Nosso diálogo foi pautado pelo mesmo silêncio, pausas em que as palavras se plantam como os riscos na madeira.

— Se pelo menos eu tivesse força. Esbocei a gravura desse ano, mas não passei do primeiro estudo. As pessoas até gostaram. Como vou gravar, se falta coragem para o desenho? Estou perdido. O lamento parece uma acusação. A quem? Lembro um verso terrível de Jorge Luis Borges: "Não esperes que o rigor de teu caminho tenha fim". Estremeço. Venho morrendo com amigos que partem e me deixam sem roteiro, porque eles representavam um hábito de vida, um lugar que eu aprendera a visitar sem medo. Dizem que a amizade se consolida quando dormimos debaixo do mesmo teto e comemos um quilo de sal juntos. Um quilo de sal possui infinitas moléculas, demanda um tempo para ser consumido. Será que terei vida o bastante para outros quilos de sal? Pergunto-me e olho o homem à frente. Convivemos quarenta anos, calendário vagaroso, sujeito a sol e chuva. Meses atrás, quando ele ainda tinha prumo e pulso, falei do meu desejo de possuir duas gravuras: *Dama com luvas* e *Suzana no banho*. Um dia ele me telefonou e disse para eu ir buscá-las. Ficaram prontas, e recebi-as com gratidão. Na hora em que ia embora, ele me revelou:

— Se quer mais alguma coisa, fale. Não sei se me resta muito tempo.

Peço desculpa porque passei da hora. Samico manifesta o desejo de me acompanhar até a porta. Com grande esforço se levanta da poltrona e caminha ao meu lado. Lá fora, anoitece em Olinda. O sino do Mosteiro de São Bento toca as vésperas. Sopra uma brisa do mar.

A casa restaurada por Samico pertenceu a João Fernandes Vieira e data do século XVII. Os dois sobrados em torno, vendidos para a construção de uma pousada, sofrem com o abandono. O projeto gorou, e as casas ameaçam ruir. Desço um batente e piso a calçada. Um pouco mais acima, na rua de São Bento, funcionava o Ateliê Coletivo. Às quintas-feiras, eu vinha comer macarrão na casa de Giuseppe Baccaro. Com sorte, encontrava Guita Charifker, Luciano Pinheiro, José Cláudio, José de Barros, Gil Vicente, Zé Barbosa, Eduardo Araújo e Samico, o mais arredio de todos. Era o tempo dos ateliês ao ar livre, quando artistas de Olinda e Recife saíam em grupos para pintar paisagens de Itamaracá, Itapissuma, Igarassu e imediações. Tudo agora parece bem longe.

Sinto uma tristeza que não combina com a brandura do vento. Abraço Samico. O máximo que consigo dizer é que tenha coragem. Entro no carro e me pergunto: quantas vezes ainda nos despediremos, em frente à mesma porta?

A caminho de Juazeiro

O romeiro percebe minha aflição. Seguro firme a viga de madeira que sustém a lona e, mesmo assim, não controlo as oscilações do corpo. Quantos viajam no pau de arara? Em cada tábua atravessada na carroceria se acomodam sete romeiros, gordos ou magros. Para não quebrar a corrente de força, provocando perigo e desordem no mundo, canta-se cada bendito doze ou sete vezes.

— É sete porque tem que ser e ninguém pergunta a razão disso. Deus descansou no sétimo dia. A semana tem sete dias.

Uma romeira me explica.

— E o doze?

— Representa a Igreja triunfante, as doze portas de Jerusalém, os doze apóstolos, os doze juízes, os doze meses.

— Ah! — exclamo abismado.

Troco o corpo de posição. Faço isso quando o formigamento e a dormência nas pernas tornam-se insuportáveis. Viajar em pé numa carroceria de caminhão é grande penitência. E nem promessa eu fiz.

Meu companheiro de viagem acomodou-se numa tábua de pessoas magras. Partimos cedo, aproveitamos o finados para ver de perto a segunda maior romaria do Brasil, a do padre Cícero. Somos do Cariri, região no sul cearense parecida com a Zona da Mata de Pernambuco, pela abundância de água e floresta atlântica. Só percebemos as diferenças entre Juazeiro do Norte e Crato, onde nós vivíamos, quando fomos estudar no Recife. Agora, desejamos reaver o tempo perdido com rivalidades e preconceitos incutidos pela Igreja, pela sociedade canavieira local e pelos professores nas escolas.

— O que nos move é a fé, o mistério e o sagrado, que brota como fonte d'água na terra de Juazeiro — afirma a romeira em tom declamatório.

Com gravadores a tiracolo, máquinas fotográficas, cadernetas e lápis, parecemos motivados por outras razões estranhas ao milagre que os romeiros buscam.

Que milagre nós esperamos?

— No mundo todo brilha a luz de Juazeiro, é só ter olhos pra enxergar — garante a devota.

Nas proximidades do Recife, o primeiro bigu numa caminhoneta. Somos largados num posto da polícia rodoviária, em Moreno. Um policial nos ajuda, dá sinal ao caminhão que nos levará na carroceria até Bezerros, em meio à carga de frutas e verduras. Outros tempos, outras leis de trânsito. Ou a falta delas. No sobe e desce, os polegares esticados com sucesso ou em vão, chegamos a Custódia, onde subimos no pau de arara, aceitando viajar em pé. O carrego de gente está completo, não sobra lugar nem para os pensamentos, os maus pensamentos, informa o condutor risonho.

— *Uma viagem*
Que eu fiz ao Juazeiro
Pra visitar
Meu Padim Ciço Romão

Ele estava sentado na cadeira
O cajado na mão
Abençoando os seus romeiros.

Esse bendito era cantado doze ou sete vezes? Não sou capaz de lembrar. Homens, mulheres e crianças mastigam as bolachas cantando, bebem a água cantando, param de cantar apenas ao descerem do caminhão, quando as necessidades apertam. Durante a chuva que cai, todos se baixam, mas do assoalho do carro sobem vozes sussurradas, a ordem do mundo precisa se resguardar no sortilégio do canto.

De pé, recebendo os pingos d'água no rosto, olho aquele povo de onde saí e me sinto um guardador de rebanhos:

Da minha aldeia vejo quanto da terra se pode ver no Universo...
Por isso a minha aldeia é tão grande como outra terra qualquer,
Porque eu sou do tamanho do que vejo
E não do tamanho da minha altura...

Não me assemelho a Fernando Pessoa. Estou mais próximo do Conselheiro ou do beato Zé Lourenço.

A chuva passa depressa, os romeiros voltam aos seus lugares nas tábuas, espremidos e úmidos. As vozes se alteiam.

Um romeiro percebe minha aflição e cansaço.

A roupa marrom da promessa o torna velho, mas não passa dos trinta anos. É hígido, musculoso, sereno em sua postura concentrada.

— Quer sentar no meu colo? — pergunta com singeleza.

Um colega de medicina, sempre que pretendia desafiar a turma da Casa do Estudante Universitário, sentava nas minhas pernas e punha o braço em torno dos meus ombros. Gesto de rebeldia, de afirmação de um novo modelo de relação entre homens, ao gosto do movimento hippie e da contracultura. Ouvíamos os insultos às nossas costas, alguns mais atrevidos arremessavam objetos. Com o tempo e as repetidas provocações, os colegas já nem ligavam. Terminamos deixando a brincadeira de lado.

Agora estamos na carroceria de um caminhão, em meio aos romeiros, quase todos agricultores.

O homem sorri e me pergunta pela segunda vez se quero descansar um pouco.

Sento-me nas coxas firmes. Dois braços me enlaçam pela cintura. Não sei se o sacolejo do caminhão ou um leve balanço de pernas me embala. Sinto-me confortável. Recosto a cabeça no ombro oferecido e adormeço em meio aos cantos piedosos.

Para Assis Lima

Livros e bibliotecas

A lembrança mais remota que tenho de bibliotecas vem associada a caixotes e malas. Numa caixa de madeira, mamãe levou para a casa no sertão dos Inhamuns, onde nasci, o pequeno acervo de professora primária, depois de se casar com um rapaz que fora seu aluno temporão. A preciosa carga compunha-se de algumas antologias, gramáticas, volumes de aritmética, geografia e história, e do livro que marcou minha vida: *A História Sagrada*, uma seleta de textos do Antigo e do Novo Testamento.

Os livros eram objetos tão raros naquele mundo sertanejo, medievalmente fora do tempo, que um parente rico incluiu entre os bens de partilha do testamento uma minúscula biblioteca de noventa volumes. Hoje, com o dinheiro apurado na venda de um único boi, das centenas que ele deixava, afora as terras e outros rebanhos, seria possível comprar dezenas de livros. Naquele tempo, os objetos de papel impresso davam respeito e distinção, criavam uma aura de sabedoria e nobreza em torno dos seus afortunados donos.

Não falarei das bibliotecas humanas, embora não deixe de mencionar os homens e mulheres que guardavam na memória centenas de narrativas da tradição oral e costumavam contá-las para plateias deslumbradas, geralmente crianças. Plantados em suas casas, no fundo de uma oficina ou quintal, ou então viajando pelo mundo, pernoitando em engenhos e fazendas, esses guardiões da memória se assemelhavam aos personagens que em outras culturas foram responsáveis pela criação e divulgação de contos, poemas e epopeias mais tarde fixados em livros como *Mahabharata*, *Ramayana*, *Epopeia de Gilgamesh*, *Ilíada*, *Odisseia* e *Bíblia*.

Falemos das bibliotecas em malas. Essas também exerciam grande fascínio sobre mim, mas deslumbravam, sobretudo, as pessoas humildes moradoras do campo. Nos dias de feira, era comum assistir-se ao espetáculo de um vendedor pondo uma lona ou uma esteira de palha no chão, espalhando sobre ela dezenas de livrinhos impressos nas tipografias, em papel barato de jornal, com capas ilustradas por xilogravuras. Tratava-se dos folhetos de cordel ou versos de feira, como também eram chamados.

Para atrair compradores, o vendedor punha alguma coisa extravagante no meio dos cordéis: um tatu, uma serpente, a caveira de um jumento... Formado o círculo de curiosos, ele anunciava os títulos das obras, geralmente com um subtítulo: "Não deixe de comprar *O amor de um estudante* ou *O poder da inteligência*; *O mundo pegando fogo por causa da corrupção*; *Vida, tragédia e morte de Juscelino Kubitschek*; *O sofrimento do povo no golpe da carestia*; *Os homens voadores da Terra até a Lua*; *A filha do bandoleiro*; *Peleja de Serrador e Carneiro*"... Depois escolhia o folheto mais instigante e começava a cantá-lo ou recitá-lo. O ator vendedor sempre possuía boa voz, movia-se com desenvoltura no pequeno palco, provocava a plateia, criava suspense, fazia rir e chorar e intuía com precisão o que as pessoas desejavam ouvir.

Durante décadas, os folhetos representaram os best-sellers das populações pobres do Nordeste brasileiro. Mesmo quem não sabia ler comprava os livrinhos, pelo gosto de tê-los guardados, ou na esperança de encontrar alguém que lesse para ele. Quando um visitante chegava a uma casa modesta do interior, depois de o hospedeiro descobrir que o mesmo era letrado, ia lá dentro num quarto, arrancava de debaixo da cama uma mala de madeira ou sola abarrotada de livros — a biblioteca da família analfabeta escondida como um tesouro —, trazia os folhetos para a sala e suplicava à visita que os lesse.

Tentei compreender as motivações daquelas pessoas que guardavam livros, mesmo sendo incapazes de decifrar os sinais impressos nas suas páginas. O que significavam para elas? Havia algo de sagrado nesse culto, o mesmo que se fazia aos Mistérios, àquilo que escapa ao conhecimento e à razão e por isso se reveste de outros significados.

Eles estão chegando para ficar

O rapaz africano que nos aborda em Florença fala como se fosse um velho conhecido. Hoje é um dia muito especial para mim, acaba de nascer o meu filho, diz numa mistura de idiomas. De onde vocês vieram? Pergunta ao ver nossas malas. Acabamos de descer de um táxi, viemos da estação de trens e aguardamos na calçada a proprietária do apartamento que alugamos, num prédio do século XVI.

Do Brasil, minha esposa responde com simpatia e naturalidade. Brasil, ele grita três vezes, parecendo Galvão Bueno quando a Seleção faz um gol em copa do mundo. E nos cumprimenta com a mão fechada em punho, igualzinho a todos os jovens. Descubro mais tarde que a euforia ao nome Brasil repete-se nos africanos que circulam por ruas, praças e pontes da cidade.

Meu filho dá um passo atrás, mais por incômodo do que por desconfiança, e sinaliza para não alimentarmos a conversa. Bem tarde. A esposa e a nora já negociam a compra de minúsculas esculturas em madeira, que segundo o jovem senegalês trata-se de amuletos. Vão para a frente e para trás na conversa, sem entrarem em acordo no valor das mercadorias. O mascate barganha com a sua condição de pai recente, abre uma bolsa e oferece pulseiras e outros artesanatos rústicos. Eu assisto à conversa de longe, me divertindo ao reconhecer a mesma sedução dos ciganos que passavam em nossa cidade quando eu era criança. Felizmente, a anfitriã chega alvoroçada. Trata-se de uma americana investidora no ramo de aluguéis, um modo de sobrevivência cada vez mais comum em cidades turísticas da Europa.

No contrato, foi garantido um primeiro andar com apenas um lance de escada, mas na verdade se trata de um terceiro pavimento. Encaro subir os quatro lances de degraus carregando as malas. Num impulso de brasileiro habituado a pagar pelo trabalho pesado, olho o jovem e sinto desejo de perguntar se não aceita uns euros para carregar as bagagens junto comigo. Nos três táxis que apanhamos, os motoristas faziam questão de pegar as malas e acomodá-las nos bagageiros dos seus carros. Não aceitavam a menor ajuda, o que não me pareceu ofensivo à condição de taxista. Cobravam a corrida mais cara por conta disso. A proposta ao senegalês seria justa, sofro da coluna, meu filho trata duas hérnias, minha mulher não tem força para tanto peso. Porém, não sinto coragem de propor o biscate. Ajudado pela nora e pela anfitriã, encaro o esforço e a subida íngreme.

Dá pena ver as bugigangas vendidas pelos africanos. De tecnológico, apenas uma geringonça de metal inventada pelos chineses para distanciar o smartphone e permitir uma selfie abrangente. Centenas de óculos de formatos e cores diversas, pulseiras, brincos e colares iguais aos dos hippies. Estes deixavam suas casas e famílias em protesto aos padrões de vida burguesa e ao consumo. Os africanos chegam aos milhares à Itália, amontoados em navios, que vez por outra afundam, transformando o Mediterrâneo num cemitério. Partem quase sempre da Líbia e entram por Lampedusa. Deixam suas famílias e culturas por necessidade de sobreviver à guerra, aos massacres, às doenças e à fome. Durante o império romano, eram trazidos à Itália, escravizados. Nos séculos de colonialismo europeu na África, sofreram formas disfarçadas de escravidão. Agora, chegam voluntariamente à Europa dos brancos, e não são desejados.

Não acompanho a família na visita à Santa Croce. Renuncio aos afrescos de Giotto, ao belo claustro da igreja, aos túmulos de Michelangelo, Galileu e Maquiavel. Prefiro ficar do lado de fora, sentado nas escadarias, olhando os chineses barulhentos e agitados, crianças e adolescentes italianos com seus professores para visitas guiadas. A garotada come sanduíches de presunto e queijo, ri e brinca. São generosos em suas manifestações de afeto. Os africanos sorridentes oferecem pulseiras, colares e óculos.

Relações comerciais são estabelecidas, os meninos e as meninas barganham, querem adquirir as bugigangas a qualquer preço, quase todos já exibem óculos espelhados nos rostos e colares de contas coloridas nos pescoços. Brancos e negros se tratam de amigos, cumprimentam-se com as mãos fechadas, até se abraçam, num clima de pândega e cordialidade. As diferenças parecem ser apenas de cor de pele, os jovens africanos riem alto, tratam os garotos pelos nomes, trocam um nome masculino por um feminino, o que causa mais gargalhadas e brincadeiras. Garotas sem dinheiro oferecem os lanches por pulseiras, retornando ao escambo. Sinto-me contaminado pela sincera alegria entre eles, não percebo nenhuma forma de desprezo ou preconceito, temor ou desconfiança.

Canso-me de esperar a família e decido visitar o antigo gueto judeu e a sinagoga. Ando por ruas com edifícios sem o esplendor de Florença, apartamentos onde se avistam roupas estendidas em varais ou penduradas nas janelas a secar. Trata-se de um bairro sem glamour renascentista ou turístico. A sinagoga é vigiada por policiais armados, preciso deixar todos os meus pertences num armário, incluindo o celular, antes de meter-me numa cabine detectadora de metais. Finalmente chego ao jardim e avisto uma parede com os nomes dos mártires do nazismo.

Paga-se ingresso um pouco mais caro do que na Santa Croce, mas certamente não é por isso que o número de visitantes mostra-se pequeno. Um silêncio incomum à cidade nos deixa reflexivos e solenes. Ponho um quipá e entro no templo. Ele é belo, ao contrário do pequeno museu no andar superior, de acervo modesto. Penso nos mártires do cristianismo, há dois mil anos louvados e lembrados pela Igreja católica. Leio os nomes dos judeus, de história mais recente. A dor e o sacrifício me parecem comuns, embora do lado judeu não tenha havido escolha.

O dia em que Ariano Suassuna caiu

Preciso recuar no tempo. Em 1970, no auge da ditadura militar, entrei para a faculdade de medicina da Universidade Federal de Pernambuco. A penúria me obrigou a morar na Casa do Estudante Universitário, um prédio de três andares construído no campus, que abrigava 196 alunos de vários cursos. Eu dividia quarto com o colega Assis Lima, com um estudante de engenharia e com o poeta e aluno de filosofia Ângelo Monteiro. O ambiente da Casa era hostil e promíscuo, convivia-se com o terror de ser delatado aos órgãos de repressão. Alguns moradores pareciam mais suspeitos de serem espiões e ninguém se arriscava a levar uma conversa com eles ou convidá-los para uma cerveja.

No curso de letras, todos festejavam um dramaturgo e professor de estética, Ariano Suassuna, que assumiu o Departamento de Extensão Cultural (dec), a convite de um reitor nomeado pela ditadura militar. Vivíamos os anos polarizados em direita e esquerda, poder e resistência, coisa impensável nos tempos de geleia geral, ou fisiologismo, se preferirem.

Ariano fundara o Movimento Armorial e estabelecera o discurso de sua produção artística. Depois que ele convidou o poeta

Ângelo Monteiro para trabalhar no DEC, onde editava o *Jornal Universitário*, passei a frequentar o departamento e a conviver com importantes artistas da época.

Era um ambiente efervescente de criação, animado pela figura carismática, brilhante e bem-humorada de Ariano. Havia serões de leitura e neles escutei trechos do *Romance da Pedra do Reino*, lidos pelo autor, antes da publicação, em 1971. Tudo isso me arregalava os olhos.

Num domingo, fomos almoçar na casa do romancista Maximiano Campos, casado com Ana Arraes, filha de Miguel Arraes, exilado na Argélia. Numa mesa de carteado, Ariano jogava buraco com três parceiros. Um menino de seis para sete anos brincava na sala. Chamava-se Eduardo Campos.

Quando Assis Lima, Horácio Carelli e eu começamos a sonorização do filme *Lua Cambará*, rodado em bitola super-8 — uma aventura que rodamos nos anos 1975, 76 e 77 —, o dinheiro da produção zerou e decidimos mostrar o copião a Ariano Suassuna. Na época, ele era secretário de Cultura do prefeito biônico do Recife, Antônio Farias. O Movimento Armorial estava no auge e Ariano assumira uma briga com os tropicalistas, proibindo que Caetano, Gil, Betânia e Gal se apresentassem no Teatro de Santa Isabel, pertencente à prefeitura. Depois de ver o copião mudo e assistir a nosso documentário *Cavaleiro Reisado*, Ariano empolgou-se e propôs que criássemos o cinema Armorial. Disponibilizou recursos da Secretaria, foi à estreia do filme e nos tratou com carinho. Eu respeitava o discurso de Ariano em defesa da cultura popular, mas buscava uma arte diferente dos cânones armoriais.

Lancei o livro de contos *As noites e os dias*. O poeta Alberto da Cunha Melo escreveu que o sertão de Ariano possuía endereço certo e o meu era um incerto sertão, periférico às cidades, com personagens neuroticamente urbanos. Foi uma observação na medida, o impulso de que eu precisava para escrever a crônica "Da liberdade de não pertencer a movimentos", publicada na revista *Continente* nº 1, no ano 2001. Nela, eu questiono duramente a proposta estética de Ariano e do Armorial.

Morando na mesma cidade, passamos anos sem nos ver e falar. Nossos caminhos não se cruzavam. Até quando fui participar de um evento literário em Petrolina. Ariano se apresentara um dia antes, levando multidões para ouvi-lo. De lá, seguira para três cidades do sertão, onde daria suas aulas-espetáculo. Tempo seco, de calor insuportável. Mesmo assim, ao entrar no aeroporto, ele estava risonho, concedendo autógrafos e posando ao lado dos que pediam retratos.

Os músicos, bailarinos, jornalistas e produtores de sua trupe pareciam exaustos. Quando avistei Ariano entrando no salão de espera, baixei os olhos, tentando disfarçar minha presença. Fazia treze anos que não nos falávamos. Mas ele olhou firme para mim, abriu os braços e o sorriso, falando alto: Me deixa abraçar o escritor Ronaldo Correia de Brito. Tremi e, certamente, perdi a cor. Não desejava o reencontro.

Ele veio caminhando em minha direção. Ah, tristeza! Uma bancada atrapalhou seus passos e Ariano Suassuna caiu inteiro no chão. Todos correram para ajudá-lo. Apenas eu, um médico com prática de emergência, não conseguia sair do lugar. Um mito não cai aos nossos pés. Quando me recuperei do susto, fui à poltrona onde ele se deitara. Estava pálido, mas passava bem. Segurei a mão dele e falei:

— Ariano, descanse. Você não precisa andar por esse sertão precário.

Ele me olhou e respondeu:

— Ronaldo, prefiro morrer na estrada do que esquecido em casa.

Não voltei a encontrá-lo desde o incidente. Pouco tempo depois, ele morreu. Os jornais e revistas me pediram necrológios. Escrevi todos.

Em Lisboa escutei falarem em português

O motorista que conduz o tuk-tuk por um roteiro da Lisboa histórica para em frente ao Panteão Nacional, que antes de ser o mausoléu de personalidades famosas era a igreja de Santa Engrácia, nos estilos barroco, neobarroco e maneirista. Leio as informações num livrinho, e o jovem condutor português, formado em história, repete-as decoradas como os garotos de Olinda fazem para os turistas. Em frente ao cemitério de luxo, três tuk-tuk estacionados são dirigidos por brasileiros. Abordo um deles. O rapaz bonito, com curso superior em administração, é de Minas. Simpático, oferece do almoço que trouxe numa marmita e come apressado. Convida a viajar em novos passeios, informa-me que divide casa com mineiros na periferia da cidade, gosta da vidinha e não pensa em voltar ao Brasil. Está impossível, muita violência e falta de emprego, me diz mastigando. Um molho escorre da marmita para o piso do carrinho, ele se desculpa e limpa com uma flanela.

    Apanhamos o transporte desconfortável no alto Chiado. Nos hospedamos em um apartamento moderno, com fachada de prédio antigo, na Garrett, um endereço concorrido de Lisboa.

Quase não se escuta o português, minoria entre o francês, espanhol, italiano, alemão, inglês, línguas nórdicas e dos Bálcãs. Os chineses, japoneses e coreanos são também maioria com as suas máquinas fotográficas. Há gente demais. Um taxista reclama porque chegaram 45 mil franceses aposentados, todos com privilégios e incentivos fiscais por fixarem residência no país. Queixa-se de que eles não pagam impostos na França nem em Portugal. Não compreendo a aula de economia e me calo. Faz um dia de sol com frio, a cidade é linda, uma das mais belas da Europa, onde os ingleses preferem morar e os espanhóis fazer compras. No Brasil, pedidos de cidadania portuguesa aceleram. Só no consulado de São Paulo houve 50 mil concessões desde 2016.

Os turistas arrastam malas pelas calçadas, igualzinho a Paris. Enfeitaram as ruas e os becos para a festa de santo Antônio. Velhos inquilinos de sobrados e pardieiros são obrigados a deixar suas moradas por conta da especulação imobiliária. O turismo é um negócio lucrativo, cresceu 330 por cento neste ano, é necessário acomodar os visitantes, reformar prédios. Lisboa transformou-se num canteiro de obras, esbarra-se numa construção a cada cem metros. Os lisbonenses reclamam, sentem-se prejudicados, os negócios imobiliários pertencem na maioria aos estrangeiros.

Na Alfama, encontramos uma tasca ao velho estilo. Agora não é tão fácil achar restaurantes com a comida tradicional. Ela sofreu adaptações ao paladar internacional, quase todos os restaurantes oferecem hambúrgueres e batata frita no cardápio, aumentou o consumo de cerveja, existe produção local competindo com o vinho. Pedimos queijo da Serra da Estrela, pão e café. Humilha constatar como se bebe bom café em Portugal, enquanto no Brasil, o maior produtor de grãos do mundo, ele é quase sempre ruim, sobretudo no Nordeste. O balconista oferece um tinto da casa. É cedo para nós, queremos ver a Feira da Ladra, comprar alguns presentes.

Em meio às quinquilharias, descobrimos louças de Sacavém, azulejos de demolição por apenas um euro, desenhos, gravuras, livros, fotos, cristais, muitas joias e tecidos. Os preços atraem, é preciso ter olho e paciência para discernir o que possui valor e não se deixar enganar pelo falso. Os vendedores, alguns africanos, orientais e ciganos, gostam de negociar, faz parte do jogo insistir nas propostas e contrapropostas, até comprarmos ou desistirmos. Há o risco de andarmos alguns metros com o vendedor em nosso encalço, baixando os preços até quase oferecer de graça.

Gostaria de levar tudo, digo. Mas ainda vou ao Porto, a Freixo de Espada à Cinta, lá na fronteira com a Espanha, não dá para carregar essas coisas, nem se houvesse um caminho ligeiro entre Portugal e Brasil. Pela quantidade de brasileiros que todos os dias decidem se mudar para o antigo Reino, uma estrada foi aberta e asfaltada. Mesmo assim não adquiro nada, não costumo fazer compras nas viagens, nasci sem vocação para mascate ou colecionador.

Sinto fome, a chance de não comer bem em Portugal é mínima, entramos num restaurante açoriano e erramos. O gerente se dirige a nós e oferece o primeiro menu, o dos idiomas: inglês, francês, espanhol, italiano, alemão...? Acho-o agressivo e pedante. Perco a oportunidade de me levantar e sair da casa, o cara gruda na gente quando descobre que somos brasileiros, começa a falar de política, a vangloriar-se de ter sido informante da polícia federal do Brasil, denigre o ex-presidente Lula, estou a ponto de bater nele, engulo o bacalhau à moda dos Açores com raiva, o vinho desce azedo, o valor da refeição é alto, a comida apenas honesta, não aceitam cartão de crédito e tenho de pagar em dinheiro vivo.

Retornamos ao apartamento para um descanso. À tarde, seguimos até a Fundação Calouste Gulbenkian, pelo metrô da estação

Chiado. São cinco escadas rolantes íngremes até se alcançarem as plataformas dos trens. Em meio à multidão, um cego se orienta com uma bengala. Esse espetáculo de extrema solidão comove minha esposa. Ficamos pelos jardins do Gulbenkian, falta humor para as exposições. As árvores, os pássaros, a água corrente nos parecem mais acolhedores. Esfria. Dá tempo de conhecer o Terreiro do Paço, ou praça do Comércio. Sento-me de frente para o Tejo virado em mar, experimento uma dolorosa nostalgia do passado navegante, de um povo que sou e sempre fui.

Ó mar salgado, quanto do teu sal
São lágrimas de Portugal!
Por te cruzarmos, quantas mães choraram,
Quantos filhos em vão rezaram!
Quantas noivas ficaram por casar
Para que fosses nosso, ó mar!

À noite, quando descemos para um passeio em volta do elevador de Santa Justa, sou abordado três vezes por homens jovens, bem-vestidos, dois brancos e um negro. Oferecem-me haxixe. Um deles abre um pequeno recipiente de metal e expõe a mercadoria para me convencer de que é boa. Sorrio, agradeço, me afasto sem receio e falo à minha esposa que está na hora de dormir. De madrugada, turistas vandalizam depósitos de lixo. Pela manhã, quando funcionários chegam para iniciar um novo expediente de vendas, olham indiferentes o estrago, afastam garrafas vazias com os pés, abrem as portas das lojas e talvez pensem no trabalho do dia começando.

Histórias de fadas

Ganhou o nome Maria Velha quando contrataram empregada nova para a família, uma moça parecendo índia, também com o nome Maria. As crianças continuaram a chamá-la de Baía, a pedir que guardasse pedacinhos do coco que ralava para o bolo, ou que descascasse macaúbas. Sofria de enxaqueca, queixava-se de que tinha amanhecido com a cabeça grossa. A casa por varrer, as roupas no tanque e ela encolhida nas tábuas de uma mala, que a Dona trouxera no casamento. O forro da mala de cedro guardava o cheiro de uma loção francesa. O vidro se quebrara nas várias mudanças da família. O perfume continuou incensando o jacá vermelho da forração. Seria a causa da cefaleia, Maria Velha garantia.

Não ficava anos seguidos na mesma casa, embora mantivesse o vínculo através de visitas frequentes e pedidos de ajuda, compensados com trabalho. Sentia-se mais livre assim. Ninguém falava em direitos para as domésticas, férias, décimo terceiro salário, jornada fixa, descanso nos finais de semana, fundo de garantia. Os patrões pagavam o que bem quisessem, quando pagavam. Alguns retribuíam apenas com refeições e roupas. Só isso. Na falta de coisa melhor, elas iam ficando, não casavam, nunca visitavam os parentes, numa renúncia à própria vida. Agregadas fiéis, davam o sangue pela família adotada como se fosse a sua.

As que tinham mais sorte geriam negócios dos patrões em fábricas de queijo ou redes, vendiam bolos e doces caseiros, tocavam pequenos comércios. Prosperavam após a morte dos senhores, abriam cafés, onde os fregueses degustavam as receitas da família tradicional. Se os herdeiros moravam noutras cidades, concediam os ganhos às velhas agregadas. Esquecidas dos parentes de sangue, terminavam sozinhas. Sentiam vergonha da pobreza e da vida rústica dos pais.

O sistema patriarcal, baseado em séculos de escravatura, inventou relações complexas entre as pessoas de cores e classes sociais diferentes. Uma maneira de valorizar as semiescravas era conceder que nos batismos fossem madrinhas de apresentar das crianças cuidadas por elas. Uma honra, a ilusão de pertencimento à família.

Baía veio trabalhar na casa pela primeira vez quando o quinto filho do casal precisava ser tirado do peito. De noite, ela embalava a menina de dois anos, que chorava pelo leite materno. Nesse tempo, já sofria dores pela artrite, usava saia de algodão até os tornozelos e blusas de mangas compridas com bolsos. Fumava cachimbo, no canto mais longe e escondido do quintal. Era negra, nasceu livre, mas os avós com certeza foram escravos.

Em 1932, fugindo da grande seca, Baía foi aprisionada com o marido e cinco filhos em um dos campos de concentração do Ceará, chamados pelos imigrantes de Currais do Governo. Eram cercados de arame farpado, onde o poder público, a sociedade e os comerciantes confinavam os retirantes, impedindo que chegassem às ruas das cidades, chocando as pessoas com o espetáculo da fome, miséria e feiura. Em Crato, Ipu, Senador Pompeu, Quixeramobim e Fortaleza não mediram esforços para manter as dezenas de milhares de famintos segregados dos ricos, pessoas temerosas de contágio, compungidas no catolicismo, mas indiferentes à desgraça dos flagelados. No conceito, os campos cearenses pouco diferiam dos da Alemanha nazista e da Rússia stalinista.

Fortaleza, a capital, passara por um embelezamento no estilo art déco e assumira o epíteto de "loura desposada do sol". Os donos de fábricas e indústrias visitavam os dois campos construídos em torno da cidade, escolhiam homens e mulheres mais nutridos e de melhor aparência, aptos ao trabalho. Eram levados com a promessa de serem pagos com refeições.

O esposo e os cinco filhos de Baía morreram num dos currais de Fortaleza. Apenas ela sobreviveu. Honesta, de se confiar a chave e as joias da casa onde trabalhasse, tinha um estranho costume. Escondia parte de suas refeições nos lugares mais impensáveis, sem jamais comê-las, até que apodreciam. Talvez lembrasse o marido e os filhos famintos.

A dona da casa onde Baía trabalhou havia sido criada por uma babá, que perdera suas filhas para a fome, na seca de 1917. De três meninas, apenas uma escapou. À noite, quando elas choravam famintas, a mãe colocava pedrinhas de sal na boca de cada uma, na esperança de que se consolassem.

Baía quis morar num abrigo, logo que se aposentou. O dinheiro da aposentadoria pagava a hospedagem. Sentia-se feliz e protegida. Assistia à missa todos os dias e já não precisava trabalhar por obrigação, embora continuasse trabalhando por hábito.

A outra Maria, a que parecia uma índia, engravidou do patrão. O velho costume da casa-grande. Numa viagem da esposa, o marido levou a Maria Nova à cama de casal. Nem os lençóis foram trocados. Não tinha importância, era a índia quem lavava. O segundo filho, um menino, viu a cena primária pelos postigos da porta.

Às pressas, arranjaram um casamento com o morador das terras de um vizinho, rapaz também parecido com índio, meio abestalhado. Quando a filha de Maria nasceu, foi dada a criar por uma irmã do patrão. Felizmente, a sorte foi mais favorável a ela, que terminou bem-casada e com ótimos filhos. Feliz para sempre como nos contos de fadas.

Linhas de força

O rapaz amarra o lenço colorido na cabeça, aperta os nós sob o queixo e olha para a frente como se procurasse a ajuda de um espelho. Ficou bem, digo para mim mesmo, firme na posição de observador sem câmera fotográfica, um voyeur carnavalesco, que não brinca, só contempla. Está bonito, apesar dos olhos congestos pela cachaça, e dos dentes estragados, alguns faltando. A camisa aberta revela que ele não aderiu ao gosto dos mais jovens, depilar o peito e o abdome. Também não aparou as sobrancelhas e o corte do cabelo pintado de louro é tradicional.

A caboclada se veste no meio da rua, os passantes reparando curiosos. Brincam entre eles, soltam pilhérias, tentam descontrair. Chegaram em dois ônibus velhos e desconfortáveis, sem refrigeração, comprimidos em meio aos adereços pesados. A maioria saiu de casa envergando a indumentária de baixo: o ceroulão, a calça de franjas, presa aos joelhos por elásticos, a blusa estampada de mangas longas. No passado, segundo a lenda, teriam bebido algumas talagadas de aguardente com pólvora, ou a jurema. Um pequeno espelho corre entre as mãos calosas pelo manuseio da foice, no corte de cana. Retocam a pintura vermelha do rosto com batom, pois já não se usa o preparo de urucum.

Ajudam-se na hora de colocar o surrão, forrado com pelo sintético no lugar da lã de carneiro, e com um número ímpar de chocalhos, para não atrair azar. Depois vestem a gola, bordada de lantejoulas, miçangas e vidrilhos, um fetiche que se reborda todos os anos e se oculta como segredo de caboclo. Por fim, o chapéu confeccionado com milhares de fitinhas de celofane, os óculos escuros e o cravo branco mastigado entre os dentes.

Antes que o rapaz apanhe a lança e saia para o desfile, eu me aproximo dele. O cortador de cana da Zona da Mata Norte de Pernambuco, indivíduo comum, anônimo, calejado no convívio com a pobreza e a violência, se transformara numa entidade diante dos meus olhos. Quem é esse? Chego perto, ousadamente afasto a cortina de celofane que recobre seu rosto e falo da minha surpresa e deslumbramento com o que acabo de testemunhar. Ele não compreende o que eu digo, me encara com surpresa e se afasta agitando os chocalhos do surrão.

São numerosos os maracatus com brincantes de todas as idades. Renovam-se através dos jovens e das crianças, que incorporam ao brinquedo seus cabelos de cortes extravagantes, pintados de rosa, azul, verde, amarelo, e dourado, um jeito diferente de falar e as novas jingas do corpo.

Em 1938, Mário de Andrade enviou uma equipe a Pernambuco e à Paraíba para registrar cantos, danças e rituais que ele considerava em extinção. Quase oitenta anos depois, percebemos o quanto caboclinhos e maracatus se multiplicaram, provando a capacidade de resistência e transformação das culturas populares, embora continuem convivendo com as mesmas ameaças identificadas pelo escritor: o preconceito, as intervenções do poder público e a perseguição contra religiões de origens indígena e africana. Entre os pernambucanos, observou-se que o vínculo dos maracatus e caboclinhos com o culto aos orixás e à jurema serviu para fortalecer essas culturas, pois lhe conferem um caráter não apenas de brincadeira, mas também de sagrado. É comum que os maracatus nação tenham como sede as casas de santo, e seus reis e rainhas sejam babalorixás e ialorixás.

No ano em que faço minhas anotações, sentimos a ausência das tradicionais nações Leão Coroado, Indiano e Elefante. Percebemos crescer a força feminina nos batuques, a consciência e o orgulho de ser negro, a afirmação da língua africana, antes camuflada na língua dos brancos. Antigamente, a religião católica e o Estado demonizavam os rituais afros. Os evangélicos, pentecostais e parapentecostais assumiram o lugar de perseguidores, doutrinadores e aliciadores, o que representa ameaça mais preocupante do que foi percebida por Mário de Andrade em 1938.

A guerra foi declarada. Os pregadores da "Palavra" não toleram camuflagens nem sincretismos. Monoteístas radicais, sem cultuarem divindades femininas, a Universal do Reino de Deus, Assembleia de Deus, Testemunhas de Jeová, Quadrangular, Deus É Amor, Nova Vida, e mais uma centena de outras, empunham a Bíblia, vociferam e agridem os praticantes de outras religiões, incendeiam casas de santo.

A prefeitura do Recife homenageou maracatus e caboclinhos, o batuque negro, o toque perré dos índios e um clube tradicional, o Pão Duro. As agremiações carnavalescas formadas por trabalhadores urbanos, carvoeiros, varredores, lavadeiras, feirantes, caixeiros, lenhadores, espanadores, ferreiros, engomadeiras e até parteiras, as chamadas corporações de ofício, mostram sinais de decadência. No vaivém desses clubes e troças, seguidos por vadios, moleques de rua e capoeiras, acompanhando bandas de música ou orquestras de metais, nasceram o frevo e o passo pernambucano.

As corporações enfraqueceram ou deixaram de existir, minguaram suas orquestras. Surgiram outros cortejos no seu lugar, talvez menos populares, sem afinidades corporativas. Alguns são criações de produtores culturais, com o olho no mercado e no lucro. Muda a feição do Carnaval. Vínculos se desfazem, como o de clubes com trabalhadores. Outras afinidades se fortalecem, como as dos maracatus e caboclinhos com os cultos afro-ameríndios. É a dinâmica da cultura. Não se sabe quem ganha ou quem perde.

A classe média e os ricos continuarão brincando o Carnaval apartheid, em camarotes climatizados, onde se bebe uísque oito anos e olha-se os populares de cima. Era assim nas igrejas católicas, os negros assistiam à missa do lado de fora. A mestiçagem de que fala Gilberto Freyre é real, basta conferir nas ruas do Brasil. Os brancos privilegiados e apartados também são reais e prosaicos. Não se vestem com o aparato divino de um caboclo de lança.

Excelsior Cabaré

Circularam fotos com as garotas de Glorinha e a própria cafetina em meio a elas. Houve quem sentisse nostalgia desse tempo e propusesse que a casa noturna fosse reaberta. Os cabarés mais famosos do Crato eram os de Maria Alice, Vitorino e da opulenta Glorinha. Ficavam depois da estação ferroviária e da praça Francisco Sá, onde havia a torre de um relógio e puseram um Cristo Redentor, imitando o do Rio de Janeiro. De costas para a cidade, a imagem olhava os bordéis além dos trilhos de ferro e do gesso empilhado para os trens cargueiros. Segundo as más-línguas, os braços abertos indicavam: daqui pra frente, tudo é puta.

Não era.

O lugar que assistia à chegada e à saída dos trens se chamava Barro Vermelho, por conta da coloração do solo, e foi habitado por gente humilde, trabalhadores do comércio, de oficinas e açougues. Ficava próximo ao bairro de São Francisco, com igreja, missas e novenas, tudo na mais perfeita união.

Na década de 1950, em pleno centro do Crato, os letreiros de um sobrado anunciavam: Bar Tamandaré e Excelsior Cabaré. Escancarado como na Veneza brasileira, onde o decadente Recife antigo convivia com o seu pecado diurno e o seu noturno pecado, tranquilo, sereno e equilibrado.

A cidade cratense tinha vocação a ser paisagem nevada de cartões natalinos. No mês de dezembro, cobria-se de lã branca dos pés de barriguda, árvores nativas na região, altas, aprumadas, soberbas. Os frutos soltavam as plumas, e o vento arrastava como se fossem flocos de neve. O prefeito mandou pôr todas as paineiras abaixo. Restou a fantasia nevada do gesso empilhado próximo à estação, aguardando o transporte para Fortaleza, de onde seria exportado em navios.

As pedras brancas chegavam em caminhões da serra do Araripe, a maior produtora de gesso do Brasil. Quando os redemoinhos se formavam, o pó branco cobria as casas, um véu de alva pureza sobre os puteiros. De tão comum a mistura de prostitutas e gipsita, paredes de tijolos e estuques, ninguém falava vou ao cabaré, dizia estou indo ao gesso.

À noite, os homens subiam aos bordéis. A pé, pisavam as lajes escorregadias das calçadas, se ocultando nas sombras. Eram recebidos com abraços e cerveja quente. Num quarto onde havia bacia d'água e cama de mola, gozavam os estertores proibidos no casamento cristão. Cheiravam o pó branco do gesso que recobria as putas, o mesmo gesso com que fabricavam as Virgens Marias dos altares de igrejas.

A casa noturna de Glorinha possuía bem pouco do glamour com que ainda sonham os nostálgicos. As meninas de catorze, quinze ou dezesseis anos vinham trazidas pelos próprios pais, por causa da miséria ou porque já não eram mais virgens, o que as condenava ao status de mulheres perdidas. Ou elas mesmas procuravam as casas de prazer, se instruindo na arte de negociar o corpo. Ser virgem representava a condição para merecer respeito. O hímen violado fora do casamento facultava o acesso aos homens.

Diferente da antiga Babilônia, onde as mulheres entregavam sua virgindade em louvor à deusa Ishtar, padroeira da fertilidade. Isso escandalizou o historiador grego Heródoto. Era necessário que cada mulher babilônica, uma vez em sua vida — normalmente antes do casamento —, se unisse a um estrangeiro no templo da deusa. Eles davam a soma de dinheiro que bem queriam, e a mulher não tinha o direito de recusar o homem, pois o dinheiro era sagrado. As bonitas voltavam rapidamente para casa, mas as feias se viam obrigadas a ficar muito tempo, às vezes por três ou quatro anos, esperando serem possuídas por alguém.

A soma arrecadada pelas prostitutas sagradas não ficava com elas, era entregue ao templo. As religiões sempre encontraram maneiras de fazer bons negócios com a fé e a ignorância alheia. Criam mitos, dogmas, obrigações como o dízimo, enriquecem e enchem o bolso dos sacerdotes e pastores. Os templos dedicados à deusa Ishtar tornaram-se populares e ricos. O dinheiro recolhido com a prostituição sagrada era emprestado a juros e talvez seja a origem dos bancos modernos. Cafetões e cafetinas cratenses ficavam com um percentual do ganho das raparigas. Os sites que administram as redes de prostituição, as saunas e as casas de massagem também procedem assim.

No Crato, os machos usavam uma expressão ignóbil para a violência: uma vez aberta a porteira, qualquer um pode penetrar. Em Aiuaba, sertão dos Inhamuns, o delegado de polícia arrancou uma menina de sua família, alegando que ela já não era cabaço, e sim puta, e que devia servir aos homens. Os rogos dos pais de nada valeram.

A prostituição sagrada — será que as motivações eram mesmo sagradas? — foi esquecida na Mesopotâmia e na Corinto grega. No Brasil, ela continua viva e crescente, sua causa é sobretudo social.

Glorinha promovia festas de debutantes com as meninas, todas trajando vestidos brancos, sapatos de saltos, bem penteadas, maquiadas, exibindo as joias ganhas dos amantes. Desfiles semelhantes aos da alta sociedade cratense, realizados no Crato Tênis Clube para as garotas que completavam quinze anos. Os pais ricos desfilavam pelos salões com suas princesinhas. Noutro dia, com suas putinhas, pelas salas pequenas e quartos acabrunhados dos cabarés. Uma louvável farsa.

Nunca soube quem era o mestre de cerimônias de Glorinha. Seria o mesmo do Crato Tênis Clube? Fazia as perguntas tradicionais sobre livro de cabeceira, prato favorito e o maior sonho da vida?

No trânsito

Que maravilha, uma visita desejada! O amigo resolve aparecer de repente, depois de anos de ausência. Mal recebemos a notícia de que vai chegar, já começam os preparativos. Arrumamos o quarto de hóspede, forramos a cama com os melhores lençóis, vamos às compras no supermercado tentando adivinhar o que mais agrada, abarrotamos a geladeira e o freezer, esboçamos uma agenda de passeios e até consultamos a previsão do tempo.

No dia marcado, bem antes da hora, me junto ao círculo de pessoas que esperam no desembarque do aeroporto. O riso se escancara, os braços são poucos para tantos abraços. Em meio às perguntas nem escuto as respostas. O que vale é a excitação, o rebuliço das falas, os olhares para descobrir o que mudou na pessoa, a pressa em revelar a programação de quinze dias.

Empurrando a pequena bagagem, entramos na fila de pagar o estacionamento. Tudo se resolve ligeiro, os carros param ao atravessarmos a pista, quase comento que vivemos num mundo civilizado, mas prefiro silenciar. O primeiro contratempo. Esqueço o piso onde estacionei o carro e não anotei a letra da fila. Peço desculpa, atribuo o lapso à ansiedade pelo reencontro. Não me arrisco a confessar que sou especialista nesses desleixos.

— Espere aqui. Chego em dois minutos.

Subo, desço, me desespero, aperto mil vezes o controle que faz abrir a porta do carro, querendo ouvir o barulho conhecido e ver o pisca acender. Depois de meia hora, encosto o carro em frente ao amigo, desço e ajudo a acomodar a minguada bagagem no porta-malas.

— Mil perdões, encontrei um paciente. Pense num cara complicado. Tive de receitá-lo aqui mesmo. Sabe como é médico, todo mundo acredita que vivemos de plantão.

Minto sem pudor.

Começa o segundo round da visita. No primeiro convívio foram aparadas arestas, outras surgiram, descobre-se que ele já não come carne, prefere vegetais, e apenas duas vezes na semana se arrisca a degustar um peixe. Já não se interessa por literatura contemporânea, lê os filósofos, escuta música barroca e precisa de um tempo diário para a meditação. No carro, me lembro de cancelar o passeio no catamarã pela praia de Carneiros. Ele não vai apreciar o forró que toca a bordo. Chega na ponta da língua a vontade de perguntar se ele ainda consome uma caipirinha e fuma um baseado, mas não me arrisco a tanto. Melhor ficar quieto.

A visita comenta o quanto a cidade mudou nesses anos, destruíram o patrimônio arquitetônico, isso nunca aconteceria numa cidade europeia como Paris, mas é comum acontecer no terceiro mundo.

Engulo seco, odeio a classificação de primeiro e terceiro mundo, odeio quem fala "é coisa de cinema". Sinto ganas de perguntar o que ele veio fazer no terceiro mundo, voando na classe econômica. Deixo por menos, somos amigos, estudamos juntos até a formatura, ele vive fora do Brasil, ralou para garantir um bom emprego na França e o luxo de morar em quarenta metros quadrados, num bairro razoável de Paris. Logo que cidade!

O trânsito não flui, há fortes chances de consumirmos duas horas do aeroporto ao apartamento em Casa Forte, falo pelos cotovelos, procuro distrair o colega do tumulto na pista.

— É sempre assim?

— Não! — apresso-me em mentir novamente. — Alguma coisa muito grave aconteceu. Talvez um acidente fatal ou um protesto.

Várias motos ziguezagueiam entre os carros parados, uma delas quase leva o retrovisor lateral. Avanço dois metros, descuido e caio num buraco. Por bem pouco não estoura um pneu.

— O que foi isso?

— Um desnível na pista, eu acho — minto pela terceira vez. — O asfalto que vendem ao Brasil não é o mesmo que vendem à França.

— Será verdade?

— Dizem.

— Li que a turma do Ministério dos Transportes embolsa uma parte do dinheiro e compra asfalto de terceira.

Corrupção? De novo? Não basta o que mostram na TV? A alegria e o ímpeto do reencontro dão sinais de acabrunhamento. Bem que a mulher havia sugerido acomodar a visita num hotel de preço médio, num bairro tranquilo e silencioso. Onde? Existe lugar tranquilo e silencioso no Recife? Tenho convicção de que não existe, mas caso ele se atreva a insinuar isso, abro a porta do carro e peço que desça ali mesmo, debaixo de um viaduto onde se arrancham pessoas sem teto.

— Camus comparou Recife a Florença, quando se hospedou aqui, em 1949. Ele estava com febre ou talvez delirasse — comenta irônico.

— Antigamente, o Recife parecia mesmo com Florença, embora o poeta João Cabral o comparasse a Sevilha.

— A Sevilha? Pensando bem, talvez o calor insuportável seja igual.
— Por que debocha?
— Por nada. Vocês nunca perdem a mania de grandeza. Ainda acreditam que os rios Capibaribe e Beberibe se juntam para formar o Atlântico?
O trânsito para de vez. Quinhentos metros à frente atearam fogo em pneus e uma coluna de fumaça preta sobe à procura do céu. Os amigos levantam a cabeça, perscrutando o futuro. No final de tarde, já se avistam no poente um risco de lua e uma estrela. A fumaça não encobriu os astros. Os dois aproveitam e olham.

O rifle e a lança

Acho que se chamava Otacílio Valdevino, também poderia ser Vicente Moreno, o nome já não possui significado. As fitas cassete em que registrei sua voz foram esquecidas em gavetas ou tornaram-se impossíveis de reproduzir. Transcritas, suas histórias ganharam edição em livro, mas os gestos do narrador, as modulações da fala e as longas pausas com que deixava a plateia suspensa se perderam. Talvez. Muitos que o escutavam repetem movimentos de mãos, meneios de cabeça, tons de voz, sem reconhecerem a genética dessa herança. Esqueceram Otacílio ou Vicente — o nome não importa —, mas o personagem continua neles, como os restos orgânicos de um mundo primitivo.

Apressado e sem sutileza, eu queria registrar o máximo de narrativas, pouco ligando para as exigências do narrador.

— Assim eu não consigo. De dia? Quem já se viu contar história de dia? E falando pra essa máquina? Tenho de relembrar coisas antigas, a memória cobriu-se de poeira.

Eu insistia, e ele emperrava.

— Arranje um bando de meninos, traga aqui em casa de noite, aí eu faço uns arremedos.

De noite, havia apenas a luz de um candeeiro e tições acesos no fogão de lenha. O velho sentava na rede como se montasse um cavalo, os pés tocando o chão de leve, num impulso de balançar. Meninos e vizinhos chegavam atraídos pelo gravador — máquina precária, parando a intervalos para mudar a posição da fita ou substituí-la.

— E quem falou que eu sei contar história?

Era a fórmula do começo. A plateia se manifestava em vozes desencontradas, enfatizando as qualidades do narrador. A esposa, sem paciência com os adiamentos, implorava do seu lugar.

— Vai, homem, deixa de conversa-fiada e conta logo!

Ainda faltava enrolar o fumo em palha de milho, acendê-lo na chama do candeeiro, tragar fundo.

— Vocês querem ouvir o quê?

Nesse segundo prólogo, ouviam-se as sugestões.

Arbitrário, o narrador não realizava desejos. Puxava o fio de uma história que havia preparado, acrescentava detalhes e emendava pedaços de outras narrativas. Tinha sensibilidade artística, o narrar era também reflexão, não se confundia com o indefinível.

Todas as dores tornam-se suportáveis se você as puser numa história ou contar uma história sobre elas. Otacílio ou Vicente nunca falou isso, mesmo que pensasse dessa maneira. Uma mulher que usava um nome falso de homem — Isak Dinesen — já escrevera a frase antes. Possuía uma fazenda no Quênia, onde plantava café. Quando seu amante a visitava, pedia que contasse histórias. Finch-Hatton, o aventureiro, se afastava por longas temporadas, conduzindo caçadores em safáris. Nessas ausências, Karen Blixen — o nome verdadeiro da escritora — criava as histórias que contava depois, em noites de amor e vigília.

Desde a primeira metade do século passado, observou-se que as pessoas ditas civilizadas já não tinham paciência nem perdiam tempo narrando e ouvindo histórias. Preferiam a companhia solitária de um livro, assimilar o que fora registrado em caracteres, supostamente fixos e imutáveis. Uma atitude bem estranha ao mundo africano, em que os registros se faziam através da memória das pessoas, sendo passíveis de acréscimos e decréscimos. Karen Blixen, como os somalis, quicuios e massais do Quênia, o Otacílio ou o Vicente do Nordeste brasileiro, ou uma ancestral mais antiga, a Sherazade das *Mil e uma noites*, que barganhava a própria sobrevivência emendando fios de histórias, gostava de ouvir e narrar.

Embora tivesse publicado um livro de contos aos vinte anos e fosse encorajada a continuar escrevendo, Karen "nunca quis ser uma escritora", "tinha um medo intuitivo de ficar presa", pois "qualquer profissão, por designar invariavelmente um papel definido na vida, seria uma armadilha, escudando-a contra as infinitas possibilidades da própria vida". Quando publicou o segundo livro, estava perto dos cinquenta anos. Enquanto viveu na África, entre os nativos para quem o corpo e a fala representavam os mais perfeitos instrumentos de narração, ela acumulou a sabedoria que transformou em linguagem.

Karen Blixen mudou-se para a África num tempo de expansão colonialista, quando a Europa parecia esvaziada do sentido de sua existência, uma desordem que resultou nas duas grandes guerras. Primeiro ela busca viver intensamente sua aventura, para só depois narrá-la. O que sempre me pareceu contraditório na vida dessa escritora é que, apesar de sua sensibilidade, do requinte com que analisa as filigranas da alma e do comportamento humano, ela nunca discute sua ação colonizadora, o fato de apropriar-se de territórios e bens de povos milenarmente assentados e vivendo numa África transformada em território de exploração colonialista e de caça.

No capítulo "Asas" de seu livro mais famoso, *A fazenda africana*, ela confessa o sonho juvenil de abater um espécime de cada tipo de caça existente. E quando narra um voo de aeroplano com o amante Finch-Hatton, sobrevoando uma manada de búfalos da montanha, não deixa de fazer um comentário predatório — "se quiséssemos, poderíamos abatê-los a tiros". Os bens de cultura são comuns a todos os homens como os livros de uma biblioteca, que lemos ao nosso gosto. Mas apropriar-se de territórios alheios, no papel de colonizador, é sempre uma ação nefasta. Algumas sociedades primitivas evitam, outras buscam o contato com o mundo exterior, pelo qual se transformam ou extinguem.

Otacílio é um representante da sociedade em que nasceu e viveu. O jovem de gravador em punho já não pertence a essa sociedade, mas busca registrá-la e representá-la. Karen Blixen foi sensível à África, aonde chegou com seu projeto de colonizadora. As sociedades tribais levaram-na a repensar o papel do narrador, mas ela nunca chegou a ser uma voz da África, igual ao escritor nigeriano Chinua Achebe. Da mesma maneira, o sentido pelo qual matava leões, armada de rifle possante, não era o mesmo de um guerreiro massai, munido apenas de lança e escudo.

Os trabalhos e as horas

Faz alguns dias que meu pai morreu. Há dois anos havia sido diagnosticado um câncer nas cordas vocais, uma lesão insignificante, mas o oncologista aconselhou que fosse irradiada. Como sequela das 35 sessões de radioterapia, ficou rouco e com dificuldade para deglutir. Fumante desde a adolescência, chegara à marca dos quarenta cigarros diários. Quando o radiologista examinou a tomografia de pescoço e tórax, espantou-se que valorizassem a mancha vermelha na laringe e não dessem importância ao enfisema pulmonar. Meu pai sempre tapeou a morte. Até os 87 anos, nunca sofreu doenças, dormia e comia bem. Cumpria rigorosa jornada de trabalho, só descansando no sábado à tarde. Aos domingos, fazia a feira e ia para a cozinha preparar o almoço da família. Sangrava, escaldava, depenava e tratava a galinha comprada viva. Cortava, punha nos temperos e deixava cozinhar. Sentia orgulho de sua força e vitalidade. Humilhava os irmãos cheios de achaques, enquanto ele vendia saúde.

Às vésperas de completar noventa anos, papai ainda tocava seu comércio. Os filhos o proibiram de dirigir, temendo a segurança dele e das pessoas. A radioterapia se revelou mais danosa do que curativa: o pescoço tornou-se rígido, a laringe perdeu a sensibilidade, a glote ameaçava fechar. Comer exigia sacrifício, por conta da tosse e dos engasgos. Papai, que sempre se orgulhara de ser imune ao fumo, sentiu que os cigarros cobravam a conta. Surgiram os sintomas da doença pulmonar obstrutiva, porém ele nunca se queixava, nem faltava ao trabalho um único dia.

Eu o visitava com frequência, e numa das viagens ao Crato ele me confessou: estou acabado. Não havia pesar na sua voz, nem lamúria, nem dor. Era uma constatação pragmática. Minhas irmãs faziam guerra para que deixasse de fumar. Do outro lado do front, eu permitia que fumasse, pois não se pode tirar de um homem de noventa anos seu derradeiro prazer. Há bem pouco tempo, ele perdera a esposa, com quem esteve casado durante setenta anos. Mamãe sofria de uma doença crônica, que a obrigou a viver dentro de uma unidade semi-intensiva, na própria casa transformada em hospital. Sempre me comoveu o silêncio de papai nesses três anos em que mamãe respirava graças a um aparelho e mal abria os olhos.

Numa das visitas, ele me chamou até o jardim. Percebi que desejava comunicar algo importante.

— Meu filho, vou lhe dizer uma coisa: eu não acredito em outro mundo. Pra mim, alma não existe. A gente finda quando morre. Não há mais nada além desta vida. Morreu, pronto, acabou-se tudo.

Fiquei calado, com vontade de pedir um cigarro e propor fumarmos juntos. Ele saiu para um passeio na beira do canal, no lugar onde antigamente corria um rio, o Granjeiro, agora transformado em esgoto a céu aberto. Entristecia-me ver papai fumando escondido, achava humilhante, uma degradação.

Na penúltima vez em que fui ao seu encontro, achei-o cansado, eliminando muita secreção dos brônquios. Apresentara indícios de uma parada respiratória. Insisti que consultasse o cirurgião de cabeça e pescoço e fizesse uma nova laringoscopia. O exame mostrou a glote quase fechada. O médico propôs cirurgia ou traqueostomia. Ele recusou a cirurgia, falou que estava no fim, preparado para morrer. O jovem cirurgião expôs os riscos de um procedimento de urgência, caso a glote fechasse. Era uma sexta-feira e papai só pensava na feira do Crato, na segunda, quando o seu armazém tinha um pique de vendas. — Fazemos na terça — fechou questão. De volta a casa, quando tentou se alimentar, teve outra ameaça de parada respiratória. Acionamos o médico, foi realizado o procedimento de urgência, ocorreram complicações. Contrariando o que sempre desejara, papai acabou num leito de UTI, de onde saiu morto depois de sete dias.

Foi um curto sofrimento para quem sempre viveu bem. No sétimo dia, os filhos tomaram a decisão de levá-lo a um quarto, onde poderia passar as últimas horas junto à família. Os protocolos médicos da UTI contrariavam o pragmatismo do homem João Leandro. Mesmo sem o recurso da fala, por conta do traqueóstomo e do respirador, administrava seu comércio com gestos e garatujas mal escritas. Infelizmente, continuou na terapia intensiva. Em meio à agonia de morrer, brincava com as visitas, só perdendo a consciência quando o sedaram com o propósito de minimizar o desconforto da dispneia.

A presença carinhosa dos filhos e netos não provocou suas lágrimas, pois nunca costumava chorar. Porém houve uma hora em que o homem firme cedeu ao pranto. Semelhante ao relato de Heródoto, que serviu de mote ao ensaio de Walter Benjamin sobre a distensão. Quando conquistou Mênfis, o persa Cambises, para humilhar o rei Psaménito, mandou desfilar à frente dele sua filha vestida de escrava, na companhia de outras jovens da nobreza. Os pais caíram no pranto, mas Psaménito apenas baixou a cabeça.

Depois Cambises ordenou que desfilasse um cortejo com dez mil jovens da mais alta casta, entre eles o filho do rei, todos com uma corda no pescoço e um freio à boca. Iam ser executados. O rei soube controlar os sentimentos e, igualmente quando viu a filha, não chorou. Logo após passarem os jovens, Psaménito botou os olhos sobre um velho e andrajoso mendigo e reconheceu nele um dos seus comensais. Despojado de sua antiga riqueza, ele ia de porta em porta implorando um pouco de alimento. Diante da cena, o soberano não se conteve, chamou o homem pelo nome e caiu no pranto. Quando foi interrogado por que procedera dessa maneira, Psaménito falou: "As desgraças de minha família são muito grandes para que eu as possa chorar; mas a triste sorte de um amigo que, já na velhice, cai na indigência, merece minhas lágrimas sinceras".

Papai chorou uma única vez, nos seus derradeiros dias. Foi quando entrou para visitá-lo um velho empregado, que passava o tempo com ele no armazém onde os dois trabalhavam. Papai já não conseguia falar e por isso eu não perguntei o motivo das suas lágrimas. Talvez ele se preocupasse com o futuro do estimado ajudante. Ou talvez se lembrasse com saudade dos trabalhos e das horas que viveram juntos.

Amar o trabalho acima de todas as coisas era um mandamento para meu pai.

Porto Velho, puro mormaço

Recusei o café da manhã no hotel. Queria provar a culinária de Porto Velho. Nada de fiambre, presunto, queijo prato e muçarela ou bolo formigueiro de chocolate, que enjoamos de comer mundo afora. Saí à procura de um sabor rio Madeira e encontrei-o no Mercado Central, em cafés-restaurantes onde as pessoas disputam mesas como nos mercados do Recife. Havia tapioca, sim, mas feita com goma e castanha-do-pará, torrada e moída. E mingau de banana e milho. E caldo de carne engrossado com farinha de mandioca e ovo. Do lado de fora, uma mulher vendia manuê assado na palha de bananeira, que lá chamam como em Pernambuco de pé de moleque, um bolo rústico de massa puba, açúcar e água, em que o coco foi substituído pela castanha. O Ceará é presença marcante na cultura amazonense, sobretudo no meio da gente mais pobre. Em Rondônia, os colonos ricos vieram quase sempre do Paraná, no período recente da colonização, gente do agronegócio, da extração de madeira e dos minérios.

Recebi convite para uma mesa no Cine Amazônia, festival de cinema ambiental. "É de poesia que o mundo precisa", foi o título da conversa com os poetas Binho — Rubens Vaz Cavalcante — e José Inácio Vieira de Melo. A poesia nos mostra o mundo com signos e lentes renováveis e recicláveis, afirmou o professor Binho no começo de sua fala. Viajei a Porto Velho desejando trocar as lentes dos meus óculos, sentir a poesia da região que eu visitara uma única vez, havia quarenta anos.

Aceitei o chamado porque um dos produtores do festival, Jurandir Costa, me armou um laço à primeira recusa: vocês escritores vivem falando que é necessário salvar a Amazônia, mas não se esforçam nem mesmo em vir conhecer isso aqui. Esquecem que se trata de metade do território brasileiro. Depois dessa, eu precisava apenas fazer as malas e correr ao aeroporto. Não gostei que a companhia aérea atrasasse o voo no Recife, perdendo a conexão em Brasília. Resultado: vinte e quatro horas de molho em nossa capital, onde eu não pretendia ir assistir a nenhuma encenação no Congresso ou Senado. O hotel era bom, mas a dieta se resumia a peito de frango e arroz, hambúrguer com fritas e macarrão ao molho de tomate. Os tambaquis, pirarucus, dourados, tucunarés e pacus ficaram para o dia seguinte, depois de horas tediosas no serrado seco e quente.

No hotel, somos dezoito vítimas da companhia aérea. Casais, crianças, gente com traços marcadamente indígenas, brancos e negros. Povo miscigenado, dá gosto ver. O tédio de ficar trancado no quarto impõe o convívio, por mais arredio que sejamos. Entre o saguão e o restaurante, onde se engole a ração imposta, um batente amenizado por rampa de metal. Todas as pessoas tropeçam nele e ameaçam cair. Distraio-me aguardando os tombos, mas uma loura maquiada e pouco vestida descobre que sou escritor, me viu em algum programa de entrevistas na TV. Obrigam-me a selfies e até sugerem uma entrevista para o Facebook da garota. Corro da parada, confesso-me tímido.

Em Porto Velho, o mormaço na poesia de Elizeu Braga: "mormaço na flor na pele/ no suor dos olhos o corre/ daquela senhora que anda/ pra cima e pra baixo/ com aquela menina escanchada no ombro/ com a cara aberta num sorriso...".
Chegamos ao mercado Avelina, Zé Inácio e Binho, ao café de um cearense fundeado no Madeira havia meio século. Tudo de comer é bom, e decido comer tudo, me embriagar de sabores. O que não presta é o café de garrafa térmica, coado, adoçado e frio. Deixo passar.
A conversa em torno da poesia lembra abelhas dando voltas à procura de mel. Chega Marcos Aurélio, professor, ensaísta e secretário de Educação, que mediou nossa mesa. Com ele, a esposa. Depois de muita conversa, tapiocas, caldos de peixe e mingau, baixa Elizeu. Mais poesia e "mormaço no rosto do pedreiro velho/ que conhece a cidade como as marcas da mão/ mormaço no suor escorrendo evaporando/ um horizonte quente subindo do chão/ quem escuta a voz da cidade/ quem ainda acredita nas lendas dos deuses colonizadores/ quem se senta pra escutar os contadores do desenvolvimento/ demolidores que confundem lucro com sustento...".
O professor Marcos Aurélio não disfarça a comoção. Poetas conhecidos chegam, sentam, comem, bebem café ruim, dizem poemas próprios e alheios, se embriagam de poesia e mormaço. Na mesa ao lado se acomodam os quatro membros do júri do festival, todos cineastas. Meio-dia, o passeio de barco pelo rio até o lago da hidroelétrica e o almoço com fartura de peixes. De volta ao chão firme, o caminho pela cidade, tentando ler os sinais que o poeta Elizeu Braga nos aponta. Prédios em abandono como no restante do Brasil, memória fragmentada da ferrovia Madeira-Mamoré, de que restam os trilhos, as estações, os vagões enferrujados, os armazéns, o sonho de transformação e riqueza, a

memória do sacrifício de milhares de índios, nativos e imigrantes. Mais um sonho grandioso de integração fracassado, como o da Transamazônica.

— Vamos à casa de Dom Lauro.

Casa ou baito? Choupana de varões, teatro, estúdio de música, ágora, galeria de arte, editora, laboratório de experiências malucas. Tudo isso e muito mais. As redes armadas sempre. Espécie de berimbau sobre pés, plantado no meio da sala. As caixas sonoras, duas latas de querosene. Cumeeira altíssima, a coberta de palha de carnaúba trançada, por onde não passa água, arrumada em planos desiguais sugerindo uma catedral.

Chega-se à casa aberta e ampla por meio de uma escada íngreme. Exílio de Babel onde todas as vozes sentem-se acolhidas. A parede da frente, em varas de bambu, deixa passar o vento quando ele sopra. Deito-me numa rede, experimento esquecida alegria. Desejo ficar. Os poetas ocupam o centro da ágora, declamam, cantam, tocam o marimbau. Também me dano a cantar.

Dom Lauro é o autor do cenário que me cerca, a nave amazonense pairando sobre Porto Velho. A música cresce, poemas se declamam, alguns sublimes como o "Poronga de Dom Lauro". Troveja e chove forte, por bastante tempo. Temo explodir de felicidade. Antes que isso aconteça, acesso a razão de vigília e fujo da barca dos loucos.

Recife tão Síria tão Iraque

Cheguei atrasado ao encontro com Abel Menezes. Da rua do Hospício, liguei pedindo que o amigo me esperasse na portaria do prédio. Abel havia sugerido almoçarmos no mercado da Boa Vista. Proponho comermos língua ao molho madeira, no restaurante Leite, o mais antigo do Brasil ainda funcionando. Era sábado, 21 de abril, um feriado que não se definia como o tempo, ora chuva ora sol de rachar. O calor tirava o fôlego. Desde o Carnaval eu não caminhava pelo centro do Recife, agora vazio de carros e gente, silencioso, apenas os miseráveis e drogados habituais ocupando ruas e praças, as paredes dos edifícios um palimpsesto de pichações, sujeira sobre sujeira.
— Suba, insistiu Abel.
— Melhor não. São quase duas horas. Se começamos a ver livros e a conversar, perdemos o almoço.
Depois de abraços, seguimos pela rua da Aurora até a ponte de ferro. Ao rés da calçada, ninguém avista o Capibaribe, correndo ao nosso lado. Plantaram vegetação de mangue nas margens, roubando a vista do rio.
Rimos por nada. Quantas vezes fizemos o mesmo trajeto ou

esperamos juntos nas portas dos teatros e cinemas, falando aos borbotões? Parecemos os de anos atrás, com menos cabelo, mais gordura, porém sempre esbanjando animação.
— O Leite fecha aos sábados, esquecemos disso.
— Que tal comermos no Paço Alfândega?
— Não tem restaurante bom — Abel me informa.
— E no Dom Pedro?
— Ainda funciona?

Agora caminhamos pela rua Nova, esbarramos nos tapumes cercando a igreja fechada de Santo Antônio, lemos faixas no edifício Sul América, na praça da Independência. Ocupado por mulheres do Movimento dos Trabalhadores Sem Teto, batizaram o ato de Marielle Franco, em homenagem à vereadora carioca assassinada. Observo constrangido, à direita e à esquerda, o equívoco de outras administrações, a avenida Dantas Barreto, resultado de um desastroso projeto de modernização do centro da cidade. Começado em 1930 e concluído em 1970, estendeu-se pelo bairro do Recife. Os prefeitos Pelópidas Silveira e Augusto Lucena foram os principais reformistas. Demoliram ruas, prédios, igrejas e monumentos históricos, expulsaram as pessoas de Santo Antônio e São José, esvaziaram os bairros dos seus moradores tradicionais, tornando-os inabitáveis. A deserção maior viria com os shoppings, lugares de convivência insípidos. As lojas tradicionais, situadas nos pontos por onde a cidade começou, não resistiram à concorrência e fecharam.

Há cinquenta anos caminho pelo Recife, me extasio, morro de tristeza, cheiro becos, fuço o lixo com os cães. Abel reclama da via-sacra, dos *staccato* que agravam sua fome. Na esquina da Imperador, uma mulher pinta o quiosque com um compressor. A tinta azul se espalha no ar, tinge uma larga faixa das pedras portuguesas, enfeia a cidade ao invés de torná-la bonita, mesmo que o poeta Carlos Pena Filho desejasse pintar as ruas de azul.

O Dom Pedro está aberto, a mesa na entrada repleta de sacos de compras, largados ao acaso. Há três clientes. O garçom nos atende, o paletó branco impecável, os dentes cheios de cáries. Pedimos bolinhos de bacalhau fritos, bebemos uma cerveja gelada de qualidade média. Almoçamos pernil de cabrito com arroz, farofa e feijão. Comida caseira deliciosa. A segunda cerveja de marca ruim chega quente. Decidimos tomar o café à beira do Capibaribe. Ótima escolha, a vista para o cais da Alfândega deslumbra, sentimos calor, estamos comovidos com o Recife. O lixo amontoado na praça Dezessete, os cães dormindo nos degraus da igreja do Divino Espírito Santo, erguida desde o segundo século da descoberta, não comprometem nosso astral. Leio apressado uma inscrição: Dormem nas pedras sonhos do amanhã. Quem terá escrito?

Não somos o poeta Fernando Pessoa, não há moços de frete em torno da mesa do café, mas percebemos o piscar de olhos e o riso indisfarçado dos garçons, assistindo à euforia dos dois senhores de mais de sessenta anos, falando alto e desbocados. Ouvimos o toque de um celular, Abel quase se despe para extrair o telefone da pochete de couro.

Fazemos o percurso de volta à rua da Aurora. O edifício Santa Alice, construído na década de 1960, ao lado do cinema São Luiz, mantém relíquias de antigo charme parisiense, que os engenheiros e arquitetos trouxeram ao Recife. O apartamento de Abel se abre na paisagem de rio e cidade. Amplo, bem dividido, iluminado e com brisa — quando ela sopra —, o imóvel provoca saudade de um tempo em que era agradável viver na Boa Vista, as pessoas chegavam aos cinemas e lojas, tomavam sorvete na Confiança, Gemba e Estoril. O que aconteceu à cidade, ao país e ao mundo? Talvez o movimento dos que não tinham direito a tomar sorvete na Confiança, Gemba e Estoril, e apenas olhavam de longe os de sempre se saciarem.

Abel quer fazer um brechó com 3 mil livros de sua vasta biblioteca, vendê-los ao preço simbólico de dois reais cada. Uma festa na pracinha do Diário, em meio ao caos e ao som da Rural de Roger. Põe três livros sobre a mesa, um deles *A Epopeia de Gilgamesh*, poema mesopotâmico do século XIII a.c., traduzido diretamente do acádio por Jacyntho Lins Brandão. Abel e eu apreciamos investigar a cultura e a mitologia do Oriente Médio, ele com bem mais conhecimento do que eu. O poema se compõe de doze tábuas de argila, cada uma possui trezentos versos. Alguns são apenas fragmentos, que recompomos com a imaginação. Vou até a janela, contemplo o Recife devastado. O legado da Síria e os tesouros da Mesopotâmia sofrem ataques de radicais islâmicos e bombardeios de americanos e europeus. Culturas antigas tão importantes quanto a grega se fragmentam como as tabuinhas de Gilgamesh. Dói. Sinto vontade de chorar. Abel chora. O que podemos fazer? Nada? O que podem os sírios e os iraquianos? Nada? Contra a força não há mesmo argumento, como na fábula do cordeiro e o lobo.

    Abel corta ao meio uma pitaia de cor rosa inebriante, miolo branco e sementinhas pretas. Parece o fruto do mandacaru. Engulo sem paixão. Retorno à janela, Abel se distrai com os livros. Taxistas jogam dominó, os carros parados, à espera de passageiros. O dia se encaminha para a tristeza. Peço um carro da Uber. Mais tarde, recebo um e-mail dizendo que tratei mal o motorista.

Susana e o judeu errante

Quem compra ovos nos supermercados nem imagina que até pouco tempo pessoas batiam às portas da zona rural, procurando a mercadoria para comércio na cidade. Donas de casa vendiam o que juntavam na semana e, quando havia poucos ovos, queixavam-se das galinhas no choco, das raposas e gaviões, do consumo doméstico. O comprador balançava cada ovo junto ao ouvido, para não levar gorados, e, se a dúvida persistia, olhava-o contra a chama de um candeeiro.

Arrumada num balaio, a frágil mercadoria era transportada na cabeça, léguas a pé. Um tropeço, e o sonho de lucro se desfazia como na fábula "Laura e o pote de leite". Conheci alguns desses modestos comerciantes, ramo em que predominavam as mulheres. Percorriam longos trajetos, subiam e desciam serras, entravam por veredas. Ao fim de um dia de canseiras, pernoitavam na casa de um freguês. Tanto os de balaio na cabeça como os vendedores de maca às costas sabiam contar histórias. Entreter a família hospedeira com narrativas se tornara um costume, o pagamento da hospitalidade.

Aos comerciantes andarilhos pedia-se que fizessem compras nas cidades, levassem encomendas aos parentes, cartas, recados e notícias. Criava-se intimidade com as famílias, uma rede de favores e pequenas intrigas. Num mundo sem televisão e com poucos rádios, onde as casas ficavam distantes umas das outras, os mascateiros representavam um vínculo com o mundo, um sinal de que as pessoas isoladas estavam vivas e de que existiam outras iguais a elas.

Na nossa casa do Crato, uma mulher chamada Julia fornecia ovos. Era conhecida dos meus pais havia muitos anos e por isso sentia-se à vontade na família. Tinha sempre um favor a pedir. A mim, mandava que escrevesse cartas e lesse trechos de livros. Carregava cordéis no balaio, e os meus tios afirmavam que possuía centenas dos livrinhos editados em tipografias rústicas, que representavam a mais importante literatura dos interiores nordestinos. Julia sabia ler, mas não escrevia o próprio nome. Se possuía livros é porque se dedicava a leituras, eu supunha. Então, por que pedia minha ajuda?

A cada visita mandava que eu lesse "Susana e o julgamento de Daniel", penúltima narrativa do livro desse profeta:

> Havia um homem que morava na Babilônia, chamado Joaquim. Ele tinha desposado uma mulher chamada Susana, filha de Helcias, muito bela e temente ao Senhor. Seus pais também eram justos e haviam educado a filha na lei de Moisés. Joaquim era muito rico e possuía um jardim contíguo à sua casa. A ele acorriam os judeus, porque era o mais ilustre deles todos.

A famosa história, tema de ópera, pinturas e gravuras, conta que dois anciões do povo hebreu se apaixonaram por Susana e, como ela resistiu ao assédio, eles a difamaram, dizendo que haviam sido tentados. Após a acusação, a mulher é rejeitada pelo marido, julgada pelos dois velhos juízes e sentenciada à morte. Quando vão executá-la, Daniel escuta os rogos da infeliz e apresenta-se para julgar o caso. O jovem profeta consegue inocentar Susana e os dois velhos são condenados.

Minha ouvinte se comovia e chorava nas mesmas passagens da história bíblica, exultando com a proclamação da verdade. Mandava que eu relesse alguns trechos, fazia comentários ou gemia queixosa. Eu não alcançava a obsessão pelo relato, o amor a Susana.

A outra obsessão de Julia era o romance *O judeu errante*, baseado numa lenda que tem inúmeras versões. Uma delas conta que Jesus Cristo, na subida ao Gólgota, havia caído sob o peso da cruz, em frente à loja onde trabalhava o sapateiro Aasvero. Zombando, o homem gritara para o condenado que caminhasse. Jesus teria respondido que o sapateiro é quem caminharia pelo mundo até o fim dos tempos.

Dois temas impressionavam Julia: o falso testemunho desmascarado — com a proclamação da inocência —, e o homem condenado a caminhar eternamente. Eu compreendia que ela se sentisse um judeu errante, vagando pelo mundo com um balaio de ovos na cabeça, descalça, malvestida, debaixo de sol e chuva. Mas Susana, de que modo entrava em sua vida?

Meu pai contou-me que Julia fora acusada de trair o marido. Ele não aceitou a defesa, tomou as duas filhas da pobre mulher e foi morar bem longe. Por esse motivo eu escrevia cartas lamuriosas, ouvia queixumes e presenciava cenas de lágrimas.

O outro mistério que cercava a vida de Julia, além de seu apego aos livros, era o destino do dinheiro que ela apurava em longas jornadas de trabalho. Não gastava nada consigo mesma, vestia roupas que as freguesas lhe davam, e comia pelas casas dos outros. Seu casebre ameaçava cair. E o dinheiro ganho? Havia anos juntava para as filhas, porém nunca se teve notícia de que mandasse um único centavo para as meninas, como continuou a chamá-las, apesar dos anos transcorridos.

Quando a encontraram morta em sua casa, primeiro avistaram os cordéis, três edições gastas de *O judeu errante* e um volume da *História Sagrada*, um cordão sebento marcando a narrativa de Susana. Debaixo da cama de varas, que nunca teve uso, uma mala de couro. Dentro dela, arrumadas com a cupidez de um usurário, centenas de cédulas, quase todas fora de circulação. Poupadas pelas traças, cheiravam a mofo e coisa velha.

O trabalho de Julia e seus sonhos, trocados em dinheiro de papel, demandavam um tempo que parecia eterno. Nessa ilusão de eternidade, as filhas cresceram e se casaram, sem jamais reencontrarem a mãe. As cédulas da mala se tornaram inúteis, estragadas pela inflação, palavra complicada que minha inteligência infantil não alcançava ainda.

Ode aos irmãos Aniceto

Raimundo Aniceto sofreu um acidente vascular cerebral, não pode mais tocar o pífaro, nem dançar o Baião Gigante, pantomima em que representava com punhais a luta de dois homens. O acidente comprometeu a fala, o sopro e os passos de Raimundo. Ele era o membro mais antigo da Banda Cabaçal dos Irmãos Aniceto, mitológica no Cariri e em todo o Ceará. Aos 82 anos, Raimundo ainda se exibia com os sobrinhos, a terceira geração Aniceto, pelo Brasil e exterior.

    Numa tarde do mês de março, em 1956, quando eu acabara de chegar ao Crato, vindo dos Inhamuns, cinco homens bateram à nossa porta, na rua dos Cariris. Um deles percutia uma caixa, outro a zabumba, e dois tocavam pífaros. À frente do grupo, um rapaz segurava a bandeira de são José e o bisaco para as esmolas. No sertão onde morei, nunca havia escutado melodia parecida, nem mesmo no rádio do meu pai, o primeiro que fez barulho entre os lajedos dos Inhamuns, espantando os passarinhos. Mamãe me deu algumas moedas, que enfiei no bornal dos pedintes. Eles partiram, e eu os acompanhei de perto. Teria ido mais longe, seduzido pela música, se mamãe não me chamasse de volta para casa.

Apesar da boa memória, sou incapaz de garantir quantos instrumentistas formavam o conjunto. Por dedução, suponho que eram apenas quatro, porque anos depois dei de presente aos Aniceto o prato de estanho que eles passaram a usar, e que transformou o quarteto em quinteto.

Somente quando me tornei estudante de medicina em Pernambuco, abri os olhos para outras formas de conhecimento, desprezadas nos cursos formais. Batizei esse saber de Universidade Popular da Cultura Livre e busquei formação com vários artistas, mulheres e homens sábios, alguns analfabetos. Foi procura espontânea, necessidade de suprir o vazio que o ensino curricular deixava em mim. Corri atrás de conhecimentos supostamente menores, valorizados apenas por folcloristas, etnólogos e antropólogos. A mesma estratificação brasileira de classes se reproduzia na cultura. Havia os dominadores e os dominados, o que se produzia no Sudeste, Sul e estrangeiro, fora de um contexto regional, e o que se criava internamente, amalgamado na oralidade, nas religiões proibidas, na música, no artesanato e na dança do povo. Naquela época, como ainda agora, interessava às elites que os pobres continuassem pobres e analfabetos, pouco diferentes do modelo escravocrata. A mobilidade social sempre ameaçou os mais favorecidos.

A partir da década de 1970, procurava os irmãos Aniceto de caderneta e lápis em punho, gravador e máquina fotográfica. A banda era formada por José, o pai, afastado dos instrumentos que exigiam mais virtuosismo ou esforço como o pífaro e a zabumba, acomodado na pequena caixa, de fácil manejo. Velho e cansado, ele parecia dormir durante as apresentações. A banda estava à frente de tudo no Crato: na buscada do pau da bandeira, na festa da padroeira Nossa Senhora da Penha, na malhação do Judas, durante a Quaresma, nos reisados, nas quadrilhas juninas,

nas renovações do Coração de Jesus, nas procissões, no dia do município e até em alguns enterros.

O segundo filho da prole era Francisco, que cedo passou a ser considerado mestre. Fabricava os instrumentos da banda e discorria sobre tempo, natureza, universo, viagens espaciais, feitiços e sortilégios, como o desencantamento de lobisomens. Não havia um assunto sobre o qual ele não houvesse pensado, emitindo opiniões originais. Depois dele vinha João, irmão siamês da zabumba, recitador de loas, rezador de novenas e especialista na entronização dos santos no altar. Era o mais religioso da família, um oficiante dos mistérios. Seguia-se Antônio, exímio pifeiro, pândego, menino brincalhão cheio de presepadas. Imitava as vozes das pessoas, o canto dos pássaros, todos os bichos que se possa imaginar. Por último, Raimundo, que me impressionava pela concentração na dança, parecendo em transe e arrebatado por forças desconhecidas.

Acompanhando os Aniceto, presenciei a perfeita comunhão entre o sagrado e o profano, o sutil deslizamento de música e dança apolíneas para a possessão dionisíaca. As celebrações aos santos católicos se transformavam em libações alcoólicas, rituais frenéticos iguais aos dos terreiros de candomblé. Louvava-se a Deus com muita comida e cachaça, e irreverentes conversas sobre sexo.

Os músicos bailarinos foram caindo, na ordem decrescente de suas idades. Morreu José, o pai, depois Francisco, João e Antônio. Um irmão chamado Luiz, que não cheguei a conhecer, nem ouvi tocando, debandou da orquestra e da família, em busca das terras de Goiás. De uma irmã afinada ao pífaro, apenas tive notícia. A cada baixa na família, como no Exército espartano dos trezentos, um neto assumia o posto e o instrumento. Agora que Raimundo não toca nem dança, apenas sorri com beatitude superior à doença e à morte, a banda passou à nova geração.

Os Aniceto tinham um palanque cativo na exposição agropecuária do Crato, que reunia gente de todo o Nordeste. No começo, apresentavam-se numa carroceria de caminhão. As atrações do evento se transformaram em megashows com Ivete Sangalo, Claudia Leitte, Wesley Safadão e outros cantores da mídia. Feliz do povo que se reconhece nos seus músicos e poetas. O artista ideal será capaz de incorporar a grandeza, estranheza e diversidade de seu lugar, de sua gente e da natureza que o cerca. A sonoridade dos irmãos Aniceto parecia com o vento na floresta do Araripe e o azougue dos relhos dos caretas. Bastava escutá-los e sentir. Porém ninguém ouve mais nada. Todos ficaram surdos com os milhões de decibéis dos trios elétricos.

Ninguém escapa aos invejosos

Suponho que o curta-metragem foi dirigido por Luchino Visconti, mas não posso garantir. Eu o assisti no antigo cinema Coliseu, em Casa Amarela, quando em Recife havia salas de exibição no centro da cidade e nos bairros. Era uma produção italiana em que reuniram cinco diretores. O curta que me impressionou narrava a história de uma atriz famosa pela beleza — ou seria uma cantora lírica? —, celebrada por seus fãs numa festa de luxo. Depois de taças de champanhe, ela sente-se mal e desmaia. Os convivas se aproximam do corpo adormecido e começam a despi-lo de tudo o que realça a beleza. Removem joias, roupas e maquiagem. Nunca esqueci os rostos das pessoas, ocupados em destruir o mito que elas mesmas haviam criado.

 O assassinato de Abel pelo irmão Caim, no Gênesis, é o primeiro registro sobre a inveja, da mitologia judaico-cristã. Isso se considerarmos que as motivações de Adão e Eva ao comerem o fruto da árvore plantada no meio do Éden eram apenas a desobediência e a gula. Mas o desejo do primeiro homem e da primeira mulher poderia ser o de que os seus olhos se abrissem e eles se tornassem como os deuses, versados no bem e no mal. Uma pulsão invejosa.

Abel era pastor de ovelhas e Caim cultivava o solo. Caim ofereceu os frutos da sua colheita a Iahweh e Abel, as primícias e a gordura de um carneiro do seu rebanho. O Deus se agradou de Abel e sua oferenda, mas não se agradou de Caim e do que ele trouxe ao altar. Caim ficou irritado, com o rosto abatido, o que foi percebido pelo Onisciente, Aquele a quem nada escapa, nem mesmo um fio de cabelo da nossa cabeça.
O Deus não ignora os danos da sua arbitrária preferência. Mesmo assim, interroga Caim: "Por que estás irritado e por que teu rosto está abatido? Se estivesses bem-disposto não levantarias a cabeça? Mas se não estás bem-disposto, não jaz o pecado à porta, como animal acuado que te espreita; podes acaso dominá-lo?". A interpelação de Iahweh aumenta o rancor de Caim, levando-o ao descontrole. Possesso, ele busca anular o que não compreende nem aceita.
— O que fiz? Em que errei? Por acaso as espigas não são necessárias à sobrevivência do homem, igualmente ao leite e à carne das ovelhas? Porém este Senhor parcial só tem olhos para as oferendas do meu irmão, só enxerga a prosperidade do seu trabalho. Mesmo que eu reinventasse o mundo, salvasse a humanidade do abismo, mesmo assim não seria olhado, nem teria a minha criação reconhecida. Julgo-me superior a Abel. Sou moderno e graças ao cultivo do solo crescem as cidades, o homem se fixa na terra e prospera.
Este poderia ser o discurso do invejoso. Ou este:
— Quem é Abel? Um pastorzinho insignificante. Olha cabras e ovelhas pastarem, arranca o som modorrento de uma flauta, não tem ambições, mal distingue a noite do dia. Mas com os artifícios da sua música, composta apenas de habilidades, ele engana o Todo-Poderoso e alguns tolos juízes que o premiam, como se vissem merecimento onde nada existe. Abel reproduz estrídulos, coisa feita, artefatos.

Exaltado pelo amor-próprio, Caim mata o irmão. Matar é o derradeiro recurso do invejoso para suportar-se e continuar vivendo.

Shakespeare aprofundou o estudo dos pecados capitais no teatro. Macbeth, personagem exemplo de cobiça ao poder, trai, enreda e mata para alcançá-lo. Investigando a personalidade do general escocês, descobrimos que a inveja o impulsiona a cometer atrocidades. A esposa alimenta a fogueira. Incensa qualidades inexistentes. Ataca o destino e as forças que regem o universo porque não se ajoelham diante da grandeza do esposo. Eleva sua vaidade às alturas do que julga merecimento.

Através do sobrenatural, dá-se o encontro de Macbeth com três feiticeiras esquálidas e estranhas na maneira de vestir. As parcas semeiam a cobiça ao trono da Escócia no coração de Macbeth, que valoriza profecias e sinais fora da lógica. Bem diferente do pérfido Edmundo, do *Rei Lear*, o invejoso mais elaborado da história da literatura. Edmundo recusa que a astrologia e o sobrenatural expliquem seu nascimento bastardo, sem os direitos do irmão Edgar, filho legítimo do nobre Glócester, a quem ele se julga superior em tudo.

Ninguém escapa aos invejosos, nem à sua sanha destrutiva. Na fábula do vaga-lume que vai ser devorado pela serpente, o inseto solicita fazer três perguntas ao réptil. Faço parte da sua cadeia alimentar? A resposta é não. Já lhe fiz algum mal? Outro não. Então, por que vai me devorar? Porque não suporto o seu brilho, responde a serpente.

Onde vou me esconder?

Pedro Rulfo não era o seu nome. Por segurança, fica sendo a partir de agora. Os tempos sombrios de quando a história aconteceu ameaçam voltar. Ninguém sabe o que nos aguarda cinco passos à frente. Despojado do seu nome próprio, o jovem estudante de sociologia ganha em mistério.

Quando Pedro Rulfo me procurou, gestava um plano que só mais tarde revelaria. Seu pai, embaixador no Brasil, se mudou para a Argentina, em seguida foi ao Chile e, por último, se recolheu ao México, país de origem, onde acreditava estar seguro de perseguições. Ativista, nunca se limitou ao exercício da diplomacia. Ajudava perseguidos políticos a se exilarem dos países onde eram procurados, denunciava os excessos de poder.

Eram os idos de 60 e 70, o plano norte-americano de desestabilizar a América Latina e os movimentos sociais de esquerda encontrava respaldo nas Forças Armadas, na imprensa conservadora, no empresariado e na classe média avessa a mudanças do modelo colonialista e escravocrata. A casa-grande e a senzala nunca tinham deixado de existir, reproduziam-se de maneiras diferentes em todo o Brasil.

Não soube como Paula Silva — outro nome de ficção — e Pedro Rulfo se conheceram. Ele mudara de cursos e endereços algumas vezes e, por último, estudava sociologia. Contrastando com o homem alto, magro, branco e de olhos claros, Paula era uma índia cariri: baixinha, morena, gorda e de quadris largos. Adorava comer e tornara-se famosa pelas conquistas. Embora fôssemos amigos inseparáveis na universidade, perdemos o contato logo depois da formatura. As derradeiras notícias me falavam de uma mulher grisalha, morando na Alemanha com outro homem.

Numa noite em que estudávamos terapêutica, no apartamento onde eu residia, Paula me revelou sua inquietação com o futuro de Pedro. Garantiu-me que o próximo a desaparecer seria ele. De madrugada, enquanto fumávamos, voltou ao assunto. Dormíamos juntos numa cama de solteiro, pés contra cabeça. Sentíamos orgulho da revolução sexual, de não haver risco nem pudor em uma mulher deitar na cama com seu melhor amigo para algumas horas de sono. E apenas dormir.

Respondi.

Desde criança fantasio que existe um lugar afastado do mundo, aonde nada chegou nem vai chegar, nem mesmo as radiações de uma bomba atômica. Vive isolado há mais de três séculos.

E esse lugar é invenção tua?

Foi lá onde eu nasci, uma fazenda antiga no sertão dos Inhamuns, no Ceará.

Pedro Rulfo viajou para a fazenda Lajedo. De Recife até Iguatu, dessa cidade a Cruzeta, onde os caminhos se encontram, os transportes param e tomam outras direções, abarrotados de gente. Num dos carros, Pedro seguiu até Saboeiro. De lá, na carroceria de uma caminhoneta, chegou a Lajedo com a carta que eu escrevera de punho. Pedia que o acolhessem por um tempo, que não atinava quanto tempo seria, que arranjassem alguma ocupação para o rapaz não se sentir inútil. Da ociosidade nasce o vício, do vício a ruína, excedi-me numa sentença.

Talvez pelo meu prestígio com a família, a quem eu endereçava o pedido de guarida, ou pelas qualidades de Pedro, que provocariam uma revolução de costumes na comunidade de fazendeiros, deixaram que ficasse, sem jamais perguntar quando iria embora. No começo, estranharam quando pediu um bisaco e foi com os trabalhadores aos algodoais, colher capuchos. As mãos sangraram até se calejarem. O patriarca da família pesava numa balança o seu apanhado de todos os dias e anotava num caderno. Pedro desconhecia o significado das anotações. Nesse tempo, os grandes plantios diminuíam pela ação nefasta do bicudo do algodoeiro. Homens e mulheres simples acreditavam que os americanos tinham disseminado a praga. Desse modo, punham fim à riqueza do ouro branco no Nordeste, impediam que nosso algodão competisse com o deles.

A cada novo dia de trabalho, o bisaco do apanhador crescia em volume, obrigando-o a ir várias vezes na pesagem. Os números do caderno de notas também cresciam. Ao final da tarde, quando os apanhadores tiravam o pelo do algodão em banhos de açude, Pedro sentia-se enlevado com a nudez coletiva. À noite, depois da janta, os homens sentavam no alpendre para conversas. Sob protestos, Pedro ajudava as mulheres na cozinha. Só buscava as companhias masculinas depois que as mulheres haviam deitado a última criança. Aprendeu a manejar os teares de redes, um ofício feminino, e tornou-se exímio artesão de varandas. Todos o amavam em silêncio. Nos sambas de latada, nunca conseguia sentar, sempre havia alguma pretendente esperando sua vez numa dança.

Um dia, chegou ao Recife a carta do pai e de lá foi enviada ao sertão. Vinha endereçada do México. Assegurava que Pedro podia regressar à casa sem susto. Todos na fazenda Lajedo tinham se afeiçoado ao estrangeiro, e ele já não sabia se desejava retornar ao mundo de onde viera. Mesmo assim, foi. A lembrança do corpo de Paula perturbava seu sono.

Na despedida, entre sisudos apertos de mãos, o fazendeiro que o acolhera estendeu um maço de cédulas. Pedro assustou-se.

— O que é isso?
— O pagamento dos seus dias de trabalho.
— E as despesas que eu dei?
— Você era nosso hóspede.
— Não compreendo a lógica.
— São os códigos sertanejos.

Comovidas e silenciosas, as mulheres da casa assistiam à cena.

Meninos espartanos do Brasil

Num filme que fez sucesso nos anos 1980, *Pequeno Grande Homem*, do diretor Arthur Penn, o chefe cheyenne Velha Pele Curtida decide morrer. Ele sobe uma colina e se deita no chão, esperando a morte. Mas a morte não vem, e o índio retorna à sua tribo. O velho Pele não aguentava mais o genocídio do seu povo, praticado pelo Exército comandado pelo general George Armstrong Custer, posteriormente morto na batalha conhecida como Little Big Horn. Lembrei-me do filme, em que não falta o humor histriônico e canastrão de todo cinema americano, porque também desejei morrer. Deitei-me três dias num sofá, mas a morte não veio, e eu retomei os afazeres.

Meu desgosto também foi causado pela sensação de extermínio que estamos sofrendo. Às vésperas do São João, ouvi estampidos próximos à minha casa. Imaginei que fossem fogos. Depois de um tempo, escutei gritos. Mesmo associando São João a Dioniso, supus que nenhum cortejo dionisíaco emitiria aqueles sons desesperados. Temeroso, olhei pelo portão. Avistei um menino franzino, em torno dos catorze anos, sendo massacrado por vários homens com murros, chutes e pauladas.

O garoto, na companhia de outro mais velho, assaltara o motorista de uma escola, carregando sua bolsa e duzentos reais. O mais velho desapareceu da cena com o dinheiro, e o guri tentou fugir numa bicicleta. Dado o alarme, um vigilante da rua correu atrás para pegá-lo. Quando se sentiu acossado, o menino sacou um revólver e disparou cinco vezes, sem acertar o perseguidor. Derrubado da bicicleta, começou o massacre. O vigilante quebrava o menino no chute, aos gritos de "você ia tirar minha vida, cara!", e vários palavrões. Chegaram o motorista e o porteiro da escola, os desocupados da rua, gente que passava de carro. Procuravam objetos com que bater, esmurravam, sacudiam, pisavam o corpo mirrado do garoto, num frenesi de possessos.

Parti em defesa da vítima. Falei que não podiam fazer justiça daquela maneira, ordenei que parassem de matar o infeliz. Ameaçaram-me. Disseram que eu ficasse longe, se tinha amor à vida. Investi novamente, gritando mais alto, tentando intimidá-los. Senti que vinham em cima de mim e recuei. Tive medo das figuras embrutecidas, dos olhares enfurecidos. O menino tentava se levantar, e eles o derrubavam. Percebi o frenesi coletivo. Senti-me impotente e voltei para casa. Mais tarde vi a poça de sangue e soube que obrigaram o proprietário de um carro a levar o garoto quase morto para o Hospital da Restauração.

Ainda hoje não compreendi a lógica perversa. Sou médico e durante muitos anos trabalhei em emergências públicas. Quando tentei evitar a matança, fui rechaçado. Depois, os assassinos mandaram a vítima agonizante para ser salva pelos médicos.

A visão de um linchamento é a mais terrível das experiências. O impulso de agir em defesa da vítima, colocando nossa vida em risco, se choca com o nosso instinto de sobrevivência. Olhamos um menino sendo morto porque roubou duzentos reais e tentou matar seu perseguidor. Enxergamos apenas que se trata de um menino, que merece proteção e cuidado. Investimos de encontro à turba e no primeiro embate compreendemos que também seremos massacrados ou mortos. Ninguém reconhece ninguém em meio ao transe, até os amigos se estranham, há apenas uma força destrutiva movendo as pessoas. Se a razão prevalece sobre o impulso humanitário, o herói recua, "fechando a abertura para a consciência metafísica de que você e o outro são um, de que você é dois aspectos de uma só vida", como afirma Schopenhauer. Mesmo que esta vida seja a de um menino bandido. Deprimi-me e desejei morrer como o chefe cheyenne. Busquei a compreensão da sociedade brasileira em que vivo, bem longe na história. Na Esparta do século VII a.c. existia uma organização política e um sistema de educação baseados no terror e no controle absoluto do Estado sobre a população. Quando os meninos completavam doze anos, eram enviados para o campo, onde deviam sustentar-se por conta própria e roubar parte de seus alimentos. Caso fossem apanhados nesse ato, eram severamente castigados, não pelo roubo, mas pela demonstração de inabilidade. Aos dezessete anos, deviam passar por outra prova: de dia, espalhavam-se pelos campos, munidos de punhais. À noite, deviam degolar quantos escravos fossem capazes.

Na cidade grega, era a nobreza quem partia para o roubo e o assassinato, a serviço do terror do Estado e do controle da população de escravos. Aqui, os jovens pobres assaltam e matam a classe privilegiada mantida sob terror e exterminam a si próprios. Quando falham, são trucidados ou mortos. Em Esparta, os papéis sociais eram claramente definidos, constituindo-se verdadeiras castas, sem perspectivas de mobilidade. No Brasil, dizem existir mobilidade social. Mas a nossa democracia de origem ateniense não encontrou saída para as desigualdades que geram a fome, a miséria, a falta de educação e saúde, o desemprego e a violência.

Os adolescentes que roubam e matam não o fazem por um modelo de educação, como em Esparta. Agem pela falta de perspectivas na vida, por serem desagregados sociais sem família, sem religião e sem crença no Estado. Roubam, matam e morrem sem sentido. E quase ninguém os lamenta.

Guimarães Rosa e o amor entre dois homens

Há uma nota do editor da Livraria José Olympio, no final do *Grande sertão: veredas*, pedindo aos leitores e críticos para não revelarem a sequência do enredo do romance. Se levarmos o pedido a sério, ficamos privados de qualquer comentário sobre o livro. Como a Rede Globo já mostrou para todo o Brasil, com o consentimento da filha do autor, a identidade oculta de Diadorim, peço licença para também falar livremente sobre esse segredo, num artigo que será lido por bem poucos. Guimarães Rosa me perdoará.

O *Grande sertão* se constrói na épica disputa entre o bando de Joca Ramiro, representante do bem, e o bando de Hermógenes, representação do mal. Deus e o Diabo se enfrentam nos vastos sertões gerais. Diadorim, que menino já cruzara com Riobaldo na travessia de um rio, é filho do mítico Joca Ramiro, que mesmo morto continua a nortear o grupo e a clamar por vingança. Adultos, Riobaldo e Diadorim se encontram como pares no meio das andanças e lutas dos jagunços. A coragem que os diferencia faz com que se reconheçam e que se amem.

Parece que estamos diante do amor clássico entre homens, de que temos exemplos na história e nas literaturas grega, romana e até na Bíblia. Lembramos Aquiles e Pátroclo, Alexandre e Heféstio, Davi e Jônatas, Gilgamesh e Enkidu, Niso e Euríalo. Alguém mais afoito arriscaria chamar o vínculo dos dois machos de amado e amante, modelo grego de relação entre um homem mais velho e um jovem. Mas no romance de Guimarães Rosa, Diadorim é um donzel de corpo resguardado, duro, sério, defendendo reserva e pudor na ponta do punhal. Seu forte apego ao amigo recusa manifestações físicas. Já Riobaldo não consegue negar a atração pelo companheiro, procurando a morte para livrar-se desse tormento.

> Levantei, por uma precisão de certificar, de saber se era firme exato. Só o que a gente pode pensar em pé — isso é que vale. Aí fui até lá, na beira dum fogo, onde Diadorim estava, com o Drumõo, o Paspe e Jesualdo. Olhei bem para ele, de carne e ôsso; eu carecia de olhar, até gastar a imagem falsa do outro Diadorim, que eu tinha inventado [...] Daí, voltei, para o rancho, devagar, passos que dava. "Se é o que é" — eu pensei — "eu estou meio perdido..." Acertei minha ideia: eu não podia, por lei de rei, admitir o extrato daquilo. Ia, por paz de honra e tenência, sacar esquecimento daquilo de mim. Se não, pudesse não, ah, mas então eu devia de quebrar o morro: acabar comigo! — com uma bala no lado de minha cabeça, eu num átimo punha barra em tudo.

Para um nobre grego do período heroico, a descoberta do desejo por um rapaz mais jovem não desencadeava essas *fúrias*. Em algumas cidades, o estado preconizava esse amor. O amado se espelhava no amante, que buscava ser o mais nobre dos homens, servindo de modelo. Em troca, o amado oferecia ao amante a sua *graça*, o seu corpo. Essa relação formalizada e ritual dava força à nobreza e ao Estado.

Fica evidente que o modelo de amor entre machos, da Grécia, não serviu à elaboração do romance de Guimarães Rosa. Falamos da obstinada reserva de Diadorim, e, embora nunca negado, o amor de Riobaldo só se confessa em voz alta, após o último combate com o Hermógenes, quando Diadorim já está morto. Para espanto do leitor, o rapaz viril e casto, homem pronunciado até as últimas páginas do romance, é revelado mulher.

> Que trouxessem o corpo daquele rapaz moço, vistoso, o dos olhos muito verdes... [...] E subiram as escadas com ele, em cima de mesa foi posto [...] Diadorim – nu de todo [...] Que Diadorim era o corpo de uma mulher, moça perfeita... Estarreci.

A transformação do corpo masculino de Diadorim em corpo de mulher, assegurando-lhe alma e psique feminina, parece a busca de legalidade para o amor de Riobaldo. É como se Homero transformasse Pátroclo em mulher, no momento em que seu cadáver arde na pira funerária, para justificar o amor de Aquiles. Davi chora Jônatas na morte deste: "Tu eras toda minha delícia; teu amor era para mim mais precioso que o amor das mulheres". Gilgamesh pranteia Enkidu: "Choro por Enkidu, meu amigo, amargamente me lamentando como mulher enlutada". Niso, no livro IX da *Eneida*, escolhe ser morto abraçado a Euríalo.

Atravessamos as veredas do grande sertão na companhia de dois jagunços. Um deles é o feminino encoberto. Não sei se Guimarães Rosa alguma vez experimentou os sentimentos dos seus dois personagens. Dizem que ele inspirou-se no *Romance da Donzela Guerreira*, a moça que se veste de homem e vai combater na guerra, no lugar do pai ancião. Se o fez, por que não revelou a verdadeira identidade de Diadorim desde o início da narrativa, deixando-nos acreditar até o final que são dois homens que se amam?

Argumentam que Riobaldo ama a polaridade feminina oculta no masculino. É possível. Mas um romancista tão agudo e delicado como Guimarães Rosa não precisaria transformar a anatomia de um corpo para nos convencer das sutilezas do sentir humano.

Baccaro entre goles de café

A recordação surgiu em São Paulo, no almoço em casa de uma amiga, talvez provocada pelos quadros de Zé Cláudio, João Câmara e de outros artistas pernambucanos.
— E Baccaro?
— Morreu há pouco tempo e parece esquecido. Já vivia morto pela doença que o deixou fora do mundo.
— Uma pena. Admirava o projeto social Casa da Criança, em Olinda.
— Aquilo se acabou. As pessoas invadiram o sítio e as casas onde o projeto funcionava. Nada restou das oficinas. Tudo construído com o dinheiro ganho na venda de mais de cem quadros de Ismael Nery.
Silêncio e goles de café. As palavras desaparecem entre as pinturas nas paredes.
— Mais café?
— Sem açúcar.
O fracasso de Baccaro fala à nossa amargura.
Fracasso?
Lembro o italiano impulsivo que deixou Roccamandolfi e

Nápoles e veio para o Rio, onde perdeu todo o dinheiro em corridas de cavalo, no Hipódromo da Gávea. Carcamano bonito, culto, sedutor, depressa conseguiu ocupação numa gráfica editora. Num piscar de olhos, morava em São Paulo, transformado em marchand, galerista, colecionador, pintor e desenhista. Procurou os artistas Flávio de Carvalho, Tarsila do Amaral e Anita Malfatti, que viviam esquecidos em suas casas. Adquiriu lotes da produção de Ismael Nery e obras de Cícero Dias, Marcelo Grassmann, Maciej Babinski, Goeldi, Lívio Abramo, Di Cavalcanti e de outros consagrados no cenário modernista brasileiro.

— Nosso mercado de artes plásticas ainda era bem amador.

— Em São Paulo, havia os leilões beneficentes do Hospital Albert Einstein. Baccaro criou sua casa de leilões comerciais.

— Nunca compreendi por que no auge do sucesso ele larga tudo e se muda para Olinda.

— Baccaro cansou de ser marchand e galerista, de encher as casas dos milionários com obras de arte, enquanto nossos museus não tinham acervo expressivo. Pietro Maria Bardi, seu sócio por um tempo, redimiu-se com o Museu de Arte de São Paulo. Baccaro, que segundo Ralph Camargo inventou o mercado de arte no Brasil, bandeou-se para as causas sociais.

— A Fundação Casa da Criança de Olinda.

— E os festivais de violeiros repentistas, a Caravana Nacional pelas Diretas Já, a Caravana da Saúde, tudo financiado por ele. Vendia seu patrimônio para investir em projetos sociais, de maneira desordenada, sem controle. Sofria de insônia, não sei que angústia o devorava.

O café esfria na xícara, a conversa sucumbe à tristeza, parece condenada ao mesmo exílio das dezenas de quadros pendurados nas paredes, mortos porque não há quem os olhe e recrie. Peças decorativas, que alimentam a vaidade e o poder de quem adquire. A usura do dono prevalece sobre a vida do criador.

Arrasadora metáfora. É necessário vender. Os que possuem dinheiro compram, enclausuram em apartamentos e casas o que parecia vivo, criado para muitos verem. Nas altas paredes sem iluminação adequada, lembram defuntos amortalhados, assombrações.

— Baccaro rebelou-se contra a perversão que ajudou a criar e alimentou com seu espírito aventureiro e comerciante. Dizem que empurrou no mercado obras e artistas ruins. É possível. O bom e o ruim se confundem. Vaiaram Stravinsky e "A sagração da primavera", acharam a música abominável na estreia em Paris. Demoraram a alcançar a revolução que representava. Preferiram classificá-la como sem valor. Depois tornou-se ousada, um marco. Quem sabia que Ismael Nery era o que era? Baccaro soube e comprou quase tudo dele. Não aceitava barreiras entre o popular e a criação "erudita". Nery tinha horror a ser confundido com regionalista. Baccaro pendurava na sua galeria F. da Silva ao lado de Tarsila. Profanação? A quem? A F. da Silva? Largou São Paulo por Olinda, mais parecida com a medieval Roccamandolfi. O que buscava com sua culpa cristã, sensibilidade e misticismo? Nunca soube. A alma de alguns homens é terreno movediço, miragem no deserto.

— Mais café? Água?
— Obrigado. Posso olhar suas coleções?

Sob camadas de esquecimento

Num dia 26 de julho, enquanto atendia os doentes no hospital, escutei um canto forte e bonito, parecendo a voz de Clementina de Jesus. Nada demais, pensei, embora as pessoas a cada dia cantem menos, enquanto trabalham ou se divertem. O inusitado é que a mulher cantava numa enfermaria de trauma. A cantiga veio logo depois de gritos sofridos, por causa dos curativos dolorosos a que ela estava sendo submetida. Parecia um alívio ou pedido de desculpas pelo transtorno que causara.

Parei o exame do paciente para ouvir com mais atenção. Seria um ponto de candomblé? Melhor perguntar.

— Gostei de sua voz. A senhora canta muito bem.

— Gostou? Era um hino evangélico.

Conheço o disfarce. Antes, os cultos religiosos negros se escondiam atrás das devoções católicas, por conta das perseguições da Igreja e da polícia. No mais famoso terreiro nagô da cidade do Recife, o Sítio de Pai Adão, onde existe uma gameleira de copa imensa, o Iroko, os devotos saíam à rua com o andor para São João e, depois, a portas fechadas, tocavam para Xangô. Cada dia mais perseguidos, os praticantes das religiões africanas agora migram para as igrejas evangélicas, que demonizam os orixás.

Percebendo a vergonha da paciente em confessar sua origem, uso de artimanhas.

— Não achei que fosse um hino.

Parecia mais um bendito de romeiro do padrinho Cícero.

A negra velha de oitenta e sete anos abre um sorriso e solta uma gargalhada. Possui uma voz forte, com um acento no "r" que apenas os antigos possuem. Esquece o desespero por estar internada há mais de dois meses, de início para uma cirurgia de fratura de fêmur, que nunca foi realizada, e agora para o tratamento das complicações do internamento prolongado, escaras e infecções.

— Fui ao Juazeiro, sim. Não do jeito que vão agora, em caminhão e ônibus. Viajamos a pé, em lombo de jumento, minha irmã mais nova escanchada na cintura de mamãe. O padre ainda era vivo e batizou a menina. A gente dormia debaixo dos pés de árvore, acendia fogo, cozinhava o comer. Já ouviu falar em Lampião, em Antônio Silvino? Não eram como os bandidos de hoje. Agora tem mais gente e mais bandido. Me escondi muitas vezes com medo de cangaceiro.

E conta histórias de cangaço, sertão, viagens, terrores. Relembra os irmãos, as tias velhas encarquilhadas em cima da cama, os parentes escravos. Felizmente livrou-se da escravidão, mas se tivesse de ser, seria. Parece outra à medida que fala, liberando a memória soterrada, agora fresca e lúcida. Abre a tampa do baú de reminiscências. Reconstitui o dia em que Getúlio Vargas se matou, refaz análises jornalísticas da época. Chora inconsolável quando fala do governador Miguel Arraes. Graças a ele ganhou um terreno e ergueu um barraco.

— E o ponto?
— Que ponto?

— O que a senhora cantava há pouco? Não me engane, também sei das coisas. Nunca guardei quarto, mas jogaram pra mim e me deram um Orixalá de frente e uma Iansã de costas.

Ela fica muda. Olha as paredes e baixa a voz.

— O senhor sabe, é a religião de meu povo, da nação. Também não raspei cabeça, mas andei em tudo que é terreiro do Recife e recebo os orixás. Agora não vou mais a lugar nenhum. Mas, se eu permitir, incorporo aqui mesmo, nessa cama.

— E quem é seu santo?

— Não posso dizer, é segredo.

Revela os nomes das casas ilustres do Recife, onde se cultuavam os orixás. Narra as histórias dos pais e das mães de santo, as particularidades de cada um e as futricas dos terreiros. Confiante no interlocutor, ignora a companheira de enfermaria, eleva a voz e solta a língua. Dá mais risadas, se agita, transparece sua origem. Arrisco-me.

— A senhora é filha de Xangô.

Ela ri satisfeita.

— E da velha Nanã.

Nanã é a mais temida de todos os orixás. É também a mais velha, poderosa e respeitada. Seus cânticos são súplicas para que levem a morte para longe, permitindo que a vida se mantenha. O dia 26 de julho, de Senhora Santana, é também o de Nanã. Seria para ela que a mulher cantava?

Noite de são João

Lembro a sensação de que a lua cheia acompanhava os meus passos. Se tomasse à direita ou caminhasse em frente, ela me seguia como um balão de gás hélio, preso ao corpo por um fio. As cinco casas na paisagem erma pareciam distantes do mundo: as fogueiras acesas, o fogo amarelo da lenha contrastando com a luz branca da lua. Era a noite do santo mais celebrado pela gente sertaneja. Em toda casa as chamas subiam ao céu, convidando são João para descer à terra em sua noite. Mas ele nunca vinha. Se viesse, contava a lenda, a terra inteira arderia num incêndio. Por isso sua mãe não o acordava, deixava que dormisse a sono solto.

Preciso transpor o terreiro de casa, um descampado que parecia infinito aos olhos e às pernas da criança de quatro anos, chegar à morada de dona Valdemira, dizer que a convido para ser minha madrinha de são João. Mamãe me instruíra direitinho e observava de longe o filho em missão diplomática.

Encabulado, caminho pelo chão onde o pai acendeu uma fogueira de troncos de angico e baraúna, madeiras nobres usadas nos mourões e porteiras dos currais, em portas e janelas, caibros e ripas dos telhados. O menino desconhece que essas árvores magníficas estão a ponto de desaparecer, depois de anos de derrubadas e queimas. Pensa somente na vergonha que será fazer o pedido à vizinha de terras.

A velha senhora sente-se honrada. É morena, possui traços dos índios jucás, antigos habitantes da região dizimados por decreto do Reino. Fala bem articulado, carrega nos erres, um jeito arcaico que as gentes sertanejas conservaram, até o rádio e a televisão contaminarem seus ouvidos e línguas.

— Eu vim pedir à senhora pra ser minha madrinha.

O céu carregado de lua cheia mais parece um dia. A terra se espalha em silêncio e amplidões.

Em volta da fogueira, o menino minúsculo e a mulher magra se posicionam para o ritual do batismo de fogo. Primeiro, de frente para a porta escancarada da casa, onde avistam lá dentro o altarzinho do santo, enfeitado com flores de papel de seda e areia prateada, vindas de Juazeiro do Norte. Os pés direitos se tocam, as mãos direitas se apertam, olham-se nos olhos, sentem a quentura do fogo.

Será que estão muito próximo das chamas?

Escutam o estalido da lenha queimando e sentem-se comovidos pela solenidade do ritual. Entregam-se à celebração mais antiga que o cristianismo. Ignoram sua origem mas repetem os gestos guardados na memória, sem nunca terem ouvido falar em celtas, druidas, solstício de verão, dia mais longo do ano, tempo propiciatório.

A mulher meio índia sorri e começa as falas rituais, todas bem respondidas na ponta da língua pelo meninozinho atento:

— São João disse.

— São Pedro confirmou.

— Que você fosse meu afilhado.

— Que a senhora fosse minha madrinha.

— Que são João mandou.
— Que são Pedro mandou.
— Viva são João!
— Viva são Pedro!
— Viva meu afilhado!
— Viva minha madrinha!

E dão as quatro voltas em torno da fogueira, sempre repetindo as falas sagradas e contratuais, os vínculos entre o plano terreal e divino, assumindo-se madrinha e afilhado, com as responsabilidades e significados da cerimônia. Declaram-se unidos às quatro direções do mundo — norte, sul, leste e oeste —, com o testemunho de céu, fogo, terra e vento.

Entram na casa, sentam em cadeiras de couro, bebem aluá de abacaxi fermentado, comem bolo de massa de mandioca puba. A mulher tagarela, o menino tímido.

— Sua mãe que mandou ou você me escolheu?
— Eu escolhi.

Reponde e sente vontade de disparar na carreira. Em casa, a família espera por ele, desejando que narre o acontecido, tudo o que sentiu. Ninguém é o mesmo depois de um batismo de fogo. Antigamente, as pessoas se batizavam nas noites de são João, um santo celebrado com um cordeirinho e uma bandeira, bem manso quando era criança, valente e com vestes de couro depois que se tornou grande e profetizava. Um santo reconhecido com outros nomes e poderes fora do cristianismo: Shiva pelos indianos, Dioniso pelos gregos, Xangô pelos nagôs e jejes.

Porém o menino ignora esses conhecimentos. Anseia por um presente de batismo, que a madrinha retarda. Percebendo o desejo do afilhado, ela vai lá dentro à cozinha, de onde retorna com uma rapadura, envolta num papel rústico. Surpreso, ele recebe o tijolo escuro e pesado, e corre cambaleante para casa.

Trabalhoso não é morrer

Fui ao velório de uma amiga. A morte e o sepultamento sempre tiveram rituais e teatro, com as particularidades de cada povo e civilização. Minha amiga sofria de doença cardiovascular grave, fez várias cirurgias, colocou próteses nos vasos, tomava caixas de medicação e já completara oitenta e quatro anos. Teve uma parada cardíaca, deu entrada quase sem vida numa emergência, foi levada à UTI, entubada e reanimada sem sucesso. A família e os médicos, mesmo conhecendo a gravidade do caso, sabendo que as chances de a paciente sobreviver eram mínimas, não aceitaram o desfecho da história.

O ser humano se pergunta por que é finita sua capacidade de ver, de ouvir, de caminhar e de falar. Elaborou imagens sobre a morte, tentou representá-la. Apareceram rudimentos de cidades, cresceram os agrupamentos humanos e também os questionamentos sobre a existência. A morte é para sempre ou apenas transitória? Terá outra vida depois dessa, num lugar longe daqui? As perguntas se transformaram em representações na pintura, na poesia, na música, no teatro e na dança. Surgiram a arte e a filosofia, fundaram-se as religiões, elaboram-se os conceitos de alma e espírito.

* * *

    O cemitério numa colina possui ótimas instalações, túmulos cobertos de grama, lápides planas. Parece um campo de golfe que resvala em despenhadeiros. A altura sem obstáculos permite que se veja o pôr do sol. Tudo de bom. Os familiares sentem-se apaziguados e assumem um comportamento discreto, sem excessos de choro e lamentos. Acreditam que seus mortos, a sete palmos da superfície, descansarão em paz.
    Na despedida, levaram o corpo a uma sala ampla, sem símbolos religiosos, com uma mesa coberta por uma toalha de renda. A alma foi recomendada a Deus por um padre, dentro do ritual católico. Um filho pediu a palavra e fez um breve inventário das bondades da falecida. O caixão foi posto em frente ao altar improvisado, entre filas de cadeiras. As coroas de flores descansavam dos lados, removeram a tampa do caixão para que todos pudessem olhar uma última vez a que deixava o mundo dos vivos.
    As funerárias cobrem os mortos com flores e deixam apenas o rosto de fora. Não sei de onde veio o costume. Houve tempo em que se procedia assim apenas com as crianças, os anjinhos. O padre sacode água benta na defunta, nos familiares e em todos os presentes. Já não usa o hissope para aspergir, mas um tubinho plástico ao gosto da Igreja contemporânea. Os judeus não deixam seus mortos expostos, eles são fechados em ataúdes e deixados num lugar à parte do velório. É como se já tivessem partido, e o corpo não representasse muito. Nós temos o gosto de contemplar os nossos defuntos, olhar a feição impressa pela morte.
    Minha amiga desejou ser cremada, e a família atendeu-a. Nada de retornar à terra de onde veio, nem ser esmagada por mausoléus descomunais como os de La Recoleta, em Buenos Aires, ou do Père-Lachaise, em Paris. Nada do lento processo de

decomposição, entregue a bactérias e microrganismos do solo ou à ação corrosiva do tempo. Em seis horas de forno, necessárias ao aquecimento a uma temperatura máxima e ao desaquecimento, o corpo, as roupas, as flores e o caixão desprovido das alças metálicas se transformam num punhado de cinzas. O forno crematório. Não gosto do nome porque me traz à memória outros fornos de passado sombrio, nos campos de extermínio.
 Último ato. Levam o caixão de tampa lacrada a uma nova sala, espécie de anfiteatro, e o colocam sobre uma plataforma, a uns dois metros do chão. As coroas de flores são dispostas em longa fila. Os amigos e parentes sentam-se em poltronas confortáveis. Toca música solene, que termina num *grand finale*. De uma abertura invisível no teto, caem pétalas de rosas de várias cores. Uma portinhola se abre automaticamente e o caixão é sugado para dentro de um vazio escuro como a noite. A música cresce, a portinhola se fecha. Apenas as coroas de flores restam em fila, sozinhas, longe da morta para quem foram arranjadas. Comovidos, todos aplaudem em despedida.

Após o ato final. As pessoas ganham as ruas nos carros de faróis acesos. A cidade traga os móbiles vivos, enquanto o cemitério no alto aguarda por todos eles, sem pressa.

Compram bolsas Louis Vuitton e não compram livros

Sobrevoando os municípios de Juazeiro da Bahia e Petrolina, avistamos o deserto sertanejo cinza e marrom na estiagem. Em meio à secura, as águas do São Francisco e os plantios irrigados. Na caatinga rala, os círculos, triângulos, trapézios e retângulos verdes lembram pintura abstrata. De perto, são cultivos de manga, uva, caju, feijão, milho e coco, uma agricultura próspera graças à melhor tecnologia e à generosidade do Velho Chico, de quem muito se tira sem dar nada em troca.

É belíssimo o remanso d'água entre as duas cidades, parece um lago. Os pernambucanos atravessam a ponte e chegam a Juazeiro. De lá, olham Petrolina e acham que é mais bonita. Os baianos devem achar o contrário. De qualquer ângulo, há beleza de sobra. Imaginem quando existiam as matas ciliares, o rio tinha um caudal extenso e as embarcações ligavam as cidades, transportando mercadorias e gente. Embora se fale tanto em preservação e reflorestamento, um condomínio de ricos cresce à margem do rio, em área destinada ao replantio de árvores nativas.

É o Brasil dos ricos e pobres infratores, da bancada ruralista e do código florestal que está sendo analisado no Executivo, enquanto escrevo. Chamam o pedaço de Pernambuco e Bahia, encravado no sertão, de Califórnia brasileira. A uva é boa, o vinho produzido ganha apreciadores. Pode-se fazer um tour pelos vinhedos, degustar bebidas, comprá-las, igualzinho se faz na Califórnia. Juazeiro e Petrolina possuem meio milhão de habitantes. É bastante gente. Há universidades, várias faculdades, excelentes restaurantes e cerca de mil bares, dizem. Aposto que é mentira, porque isso daria a média de um bar para quinhentas pessoas.

Há um ponto em que as duas cidades não parecem nada com a Califórnia. Nelas não existe uma única livraria. Bem diferente de Berkeley, com sua biblioteca de milhões de exemplares e livrarias por todos os cantos. Dá para acreditar na dura verdade sobre Juazeiro e Petrolina? Como o apóstolo Tomé, vi e fui tocado pela chaga dessa tristeza.

Os milhares de estudantes e seus familiares não frequentam livrarias, não folheiam livros, não fazem descobertas ao acaso. Compram na internet, quando compram, quase sempre por indicação dos professores, o que não é a mesma coisa de andar entre estantes, deixando-se seduzir por capas, ouvindo conversas de outros leitores. Essa realidade nos humilha e envergonha. Põe em xeque se algum dia alcançaremos a excelência na educação, o que tanto precisamos para ser um país de futuro.

Dois sebos resistem em meio ao deserto de letras, parecendo pés de juazeiros verdejantes em ano de seca: o Rebuliço e o Kanaã. Não bastam. Até parece a história bíblica de quando Iahweh resolveu destruir Sodoma e Abraão intercedeu por ela. Alegou que talvez houvesse cinquenta justos, que não mereciam perecer. O Senhor prometeu que perdoaria a cidade se ele encontrasse os justos. A apelação do suplicante continua, até que o número é reduzido para dez. Mesmo assim Abraão não os encontra. O resultado vocês conhecem. Iahweh fez chover enxofre e fogo.

Já não existem deuses com tal virulência, nem é preciso tamanho castigo. Juazeiro e Petrolina são iguais às outras cidades brasileiras em que faltam livrarias, bibliotecas, teatros e cinemas, principalmente no Norte, Nordeste e Centro-Oeste. É incompreensível que proliferem universidades e faculdades, se não há o suporte de livros e boas bibliotecas. O Ministério da Educação fazia grandes investimentos, tornou-se o maior comprador de livros do país. Mas os estudantes e as pessoas comuns, mesmo as mais ricas, não se educaram a consumir bens de cultura. Alegam que eles custam caro, que não possuem dinheiro. Mesmo que a grana nunca falte para a cerveja, o celular novo ou para a bolsa Louis Vuitton.

A sensibilidade artística pode ser uma bênção

Quando no Crato e em Juazeiro do Norte havia feiras de rua semelhantes às da Idade Média, as duas cidades eram tomadas por artesãos: ceramistas, flandeiros, tecelões, moveleiros, seleiros, pessoas que trabalhavam o couro, a palha do buriti e do babaçu, o agave e a lã vegetal. A região ainda não fora invadida pelos plásticos e eletroeletrônicos vindos do Paraguai, nem pelas quinquilharias importadas da China.

Muitos artistas populares sobreviviam de trabalhos manuais, úteis na vida diária, como potes, quartinhas, panelas, colchões, arreios e cordas. As cidades mudaram, e esse tipo de artesanato perdeu sua razão de existir. Com a proliferação das motos, diminuiu-se o uso de cavalos no transporte e, consequentemente, o fabrico de selas. As panelas de alumínio, os plásticos e acrílicos ganharam a concorrência com os utensílios de barro, que se transformaram em objetos decorativos.

O que era útil perdeu a função. Para que fabricar caixotes de madeira e malas de armazenar rapadura se não existem mais engenhos nem consumo de rapadura como antigamente? A história do homem pode ser acompanhada pelo que ele fabrica ou deixa de fabricar. Máquinas de datilografia viraram peças de museu, da mesma maneira que vitrolas e câmeras super-8. Vez por outra encontram um novo uso para o que foi encostado. Os DJs reinventaram uma maneira de tocar os discos de vinil.

Escrevo esse preâmbulo para falar de uma ceramista de Juazeiro do Norte, conhecida pelo nome de Ciça do Barro Cru, porque não levava ao forno os objetos de sua criação, deixando-os secar ao sol. Conheci-a quando fazia ponto de venda junto a um canal, construído pela prefeitura do Crato para conter as águas do rio Granjeiro.

Ela se apresentava como boa parte das romeiras do padre Cícero: vestido de algodão colorido com pregas, cintura alta e saia cobrindo os joelhos. Um chapéu de palha na cabeça, guarda-sol, cabelo com bastante óleo de coco, preso por marrafas. Lábios pintados de vermelho e faces com bolas de ruge carmim.

Sentava num caixote de madeira, o mesmo em que transportava sua arte. A vida meio rural e meio urbana do Cariri era representada por mulheres costurando, fazendo renda, carregando trouxas de roupa ou feixes de lenha, com os filhos ao peito. Ou por homens com enxada no ombro, burrinhos, lagartixas de rabo de borracha, cobras, pavões com cauda de papel laminado e areia prateada, rádios, panelas, galinhas e papagaios.

Não havia uma única coisa que o freguês imaginasse que Ciça não fosse capaz de executar para ele. Contemporânea, incorporava ao barro o lixo urbano, isso que hoje chamam de reciclagem. Performática, criava cenas, ambientes e falas para seus personagens. Ousada nas cores, nos materiais, nas invenções. Uma Almodóvar ou Frida Kahlo.

Certo dia, cheguei para comprar uns barros. Sentei-me no chão, em meio aos feirantes, temendo a cusparada de algum bêbado de passagem. O sol quente fervia os miolos. Ao longe, um vendedor de cordéis lia versos de um romance conhecido. Mais longe, uma cega arranhava a rabeca e puxava a história chorosa da menina que se perdeu nas matas do Amazonas. Fechei os olhos me imaginando num sertão antigo, prestes a desaparecer.

Depois de longa ausência, abri os olhos. Cícera se aproximara de mim e me cobria com o seu guarda-sol. Olhou-me risonha, complacente, cúmplice de minha loucura.

Acordei e vi a cerâmica de uma mulher faltando uma perna. Apoiada numa muleta, com uma trouxa de roupa própria das lavadeiras na cabeça, ela carregava um bebê ao braço, mamando. Perguntei quem era a figura.

— É uma infeliz, me respondeu. O marido deixou ela com um menino de peito, e a coitada ganha a vida lavando roupa. Sustenta a família com esse ganho pouco. Como se não bastasse, foi atropelada por um carro e perdeu uma perna. Não é mesmo uma desgraça?

E se pôs a chorar. Tentei consolá-la e perguntei se era alguma conhecida sua, mas ela respondeu que não. Imaginara a história.

Artistas criam um mundo de fantasia e mergulham nele, podendo se afastar da realidade. Mas isso nunca aconteceu com Ciça, felizmente. Também não me vendeu a cerâmica. Confessou-me que, se pudesse, não venderia uma única peça de sua criação. O dinheiro que os compradores pagavam era pouco. Melhor ficar com tudo guardado, mesmo que passasse fome.

Sem chance de concorrer com os utilitários, o barro sobreviveu como arte, graças às Ciças e a outros artesãos populares. Quanto às panelas de barro... As panelas de barro? Vocês conhecem os últimos lançamentos em teflon? E as panelas de aço? Ah, as de aço!

Ponha fogo no mundo

Atearam fogo no meu pedaço de terra em Taquaritinga do Norte. O morador acha que as chamas subiram dos terrenos baixos do cariri, onde as pessoas costumam brocar e queimar roçados para o plantio. Não tenho certeza disso. O incêndio aconteceu três dias depois de eu ter reclamado aos vizinhos que não botassem lixo dentro da propriedade. Os belos despenhadeiros lembrando montanhas do Quênia estavam entulhados de porcarias. Dava para encher cinco caçambas de caminhões, se conseguíssemos recolher tudo. Uma tarefa impossível. Nos trechos mais acidentados, seria necessário alguém que praticasse rapel.

Ninguém teve pena porque morreram pés de cabotan, chifre-de-bode, angico, baraúna, cedro, freijó e jurema. Há um profundo desprezo dos vizinhos pelo meu empenho em recuperar a vegetação nativa. Depois de botar abaixo a mata de brejo de altitude para o plantio de café, ninguém se preocupou com o manejo do solo. O plantio em encostas íngremes, semelhante ao da Colômbia, teve um apogeu, porém entrou em decadência com a escassez de chuvas e o empobrecimento do solo.

Dizem que o primeiro município brasileiro a plantar a semente arábica típica, de maturação tardia por ser cultivada na sombra, foi Taquaritinga do Norte. O café é saboroso, e o que ainda se produz, bem pouco. Antigamente, chovia seis meses no brejo, os verões nunca eram rigorosos, havia um nevoeiro denso, que mantinha a umidade e as baixas temperaturas. O solo desgastou-se, os desmatamentos prosseguiram sem controle, os plantios revelaram-se inadequados, as pessoas continuaram praticando as queimadas. A serra de quase 1200 metros de altitude perdeu a cobertura verde e tende a desertificar-se como o agreste e o sertão em torno dela.

Nos municípios vizinhos — Caruaru, Toritama e Santa Cruz do Capibaribe —, conhecidos como polo da moda e da sulanca, surgiu uma indústria de roupas que alavancou o crescimento da região e o enriquecimento das pessoas. Sem qualquer planejamento urbano, sem abastecimento d'água nem rede de esgotos, sem coleta adequada do lixo, as cidades tornaram-se feias, desordenadas e sujas. Num tempo recorde trocaram a feição rural por um urbanismo de periferia de cidade grande. Mudaram hábitos e valores, e os ganhos em educação foram mínimos, sobretudo no que se refere ao meio ambiente. Alguns bairros parecem lixões a céu aberto.

O silêncio acolhedor das cidadezinhas interioranas nem é lembrança, como se não incomodasse a ninguém o som alto nas casas, nos carros particulares e em veículos de propaganda. Paredão em Pernambuco não significa um lugar de fuzilamento de condenados à morte, mas um carro equipado com caixas de som potentes, acima de todos os decibéis estabelecidos por lei, estourando os ouvidos sensíveis. Possuir uma arma dessas garante prestígio.

Qualquer um pode entrar na sua Toyota, enchê-la de "negas", como falam os homens, beber todas e estacionar na porta de um proprietário como eu, que vive à procura de silêncio e descanso.

Se alguém reclama, corre o risco de levar um tiro ou uma facada. Bem merecido. Afinal os cidadãos não têm nenhum direito no nosso país, e quando se busca ajuda da lei, o aconselham a ficar calado e sair de perto, para não perder a vida.

Um paciente do hospital onde trabalhei, morador da região, revelou-me que costuma botar uma mulher na garupa da moto e ir beber cachaça num bar improvisado na serra. Como não existe mais safra de café, uma vizinha achou proveitoso vender aguardente e cerveja. Num lugar onde a queda de um guardanapo de papel causava barulho, as dezenas de motos acelerando ladeira acima e os paredões ligados nas alturas me deixam com vontade de morrer.

Meus vizinhos livraram seus terrenos do fogo e ninguém me socorreu. Acho que estavam felizes vendo os mais de cem pés de cedro-branco virando cinzas. Durante anos eu cuidei deles, sentia orgulho ao vê-los crescer, ganhar corpo. Não sei por que as pessoas odeiam os seres vegetais que nos causam tanto bem. Morri junto com os cedros. Desde então, não faço mais do que lamentar. Também sinto uma desconfortável vergonha.

Ciladas do Carnaval

Firme no trabalho, resisti a quatro frevos, sabendo que a música troava lá embaixo na estrada do Arraial, uma via de trânsito funcionando desde o século XVII. A orquestra era boa, e o resto eu não tinha como adivinhar sentado. Aí tocou "Último dia", do maestro Levino Ferreira. Não consegui conter o fogo recifense. Larguei o computador e olhei de cima, do apartamento no 11º andar, achando que os passistas e a orquestra estacionaram de propósito na frente do prédio onde moro, só para testar minha ascese, o meu propósito de não brincar o Carnaval. Luiz Bandeira tinha razão: existe mesmo a embriaguez do frevo, que entra na cabeça, depois toma o corpo e acaba no pé.

O desassossego provinha de dezenove músicos e oito passistas, meninos e meninas vestidos de branco, evoluindo em cordões como nos desfiles de rua. As sombrinhas com as cores de Pernambuco giravam nas coreografias, que incorporaram técnicas de várias danças, inclusive do balé clássico. A essa altura, eu catalogava os passos, pensando numa outra dança dramática do Carnaval — os caboclinhos —, lembrava que Mário de Andrade se equivocara completamente quando achou que esses brinquedos iriam desaparecer. Estão cada dia mais vivos, perderam manobras e passos antigos, mas inventaram novos.

Quis descer e me contive. Sei que o meu gosto pelo Carnaval se liga ao que ele possui de invenção e arte. Sou um fracasso nas libações alcoólicas e recuso qualquer estimulante que não seja a música, a dança, o olhar sobre os brincantes. Em resumo: classifico-me na categoria de um voyeur carnavalesco. Embriago-me com os olhos, os ouvidos, o olfato e a pele. Do camarote no 11º andar, posso curtir o Carnaval que me encanta, sentir e pensar sobre ele. Já imaginaram um carnavalesco pensativo, sério, escondendo-se pelos cantos, camuflado no meio da zoeira? Sou eu. Limpo as lentes dos óculos, vez por outra saco a caneta e o caderninho do bolso e anoto. É meu jeito de brincar. Um jeito torto. Porém juro que ninguém ama o Carnaval mais do que eu amo.

A prefeitura montou um polo de atrações no largo da feira de Casa Amarela, a quinhentos metros de casa. Na segunda-feira à tarde, o desejo me invadiu e fui ver o maracatu nação Cambinda Estrela, fundado em 1935. Há maracatus de baque virado bem mais antigos, como o Elefante e o Leão Coroado, mas sempre descubro preciosidades nos brinquedos menos famosos. Nesse grupo, prestei atenção numa dama de chita, como chamam as mulheres da corte vestidas com fantasias mais simples. A preta velha combinara os panos da saia armada com uma sofisticação de alta-costura. O modo como arranjou o turbante e o pano da costa sobre os ombros revelava elegância de rainha. Fiz questão de cumprimentá-la e pedir a bênção.

O batuque não me impressionou. É quase impossível no Recife encontrar batuqueiros mais afiados do que os do maracatu Porto Rico e Estrela Brilhante. Suspeitei que iria embora sem ter sido arrebatado por uma emoção forte. Será que o Carnaval está me deixando? — pensei estarrecido. Mas aí o batuque, justo a orquestra que me pareceu mixuruca, tocou um ponto de terreiro. Um feirante conhecido, homem velho e sério como eu, caiu no transe, e por bem pouco não se esbagaçou no chão. — O que é isso, minha gente? — perguntei em voz alta. E aí a coisa veio para o meu lado.

Pensei que fosse um orixá baixando. O batuque acelerou, o puxador cantava a toada e o coro respondia, o feirante gordo rebolava, a rainha e a corte de mulheres rodavam as saias, e eu senti algo estranho se aproximar de mim, invisível e traiçoeiro. Saquei a caneta e o caderninho de notas, mas o calafrio não me deixava escrever. Quando percebi que daria vexame igual ao vendedor de laranja, saí de perto do batuque, fui pra longe, sentei numa mesa e pedi um guaraná.

— Dessa vez escapei por bem pouco — falei alto.

A mulher da barraca percebeu minha palidez e perguntou o que eu tinha. Relatei o acontecido. Ela riu e me disse que o toque era pra Jurema.

— Me atuar com caboclo, eu, um intelectual sério?

— São as ciladas. Só vai pra perto quem não tem medo nem deve.

Falou debochada e saiu pra buscar meu caldinho de feijão.

As palavras que brotam

Em fevereiro de 2012, quis percorrer os quilômetros que me separavam da fazenda Lajedo, no município de Saboeiro, onde eu nasci. Fiz o percurso inverso ao de quando deixei o sertão dos Inhamuns e fui morar no Crato, em 1955. Subi a serra do Araripe, atravessei Nova Olinda e Assaré, passei ao lado de Antonina e por fim cheguei a Saboeiro, com o rio Jaguaribe correndo perto, restos de arquitetura colonial e o passado de riquezas e guerras entre famílias. Quando eu era pequeno, ouvia dos narradores populares as histórias de cavaleiros medievais e jagunços, reis e fazendeiros, princesas e donas de casa. Em trezentos anos de isolamento, o mundo sertanejo inventara uma épica particular. Nela se misturavam a mitologia local e a de outros povos, leis e códigos de honra garantidos pela violência. Como no resto do mundo, tudo mudou depois da Segunda Guerra, chegaram o rádio e as indústrias, as pessoas migraram para as cidades, o campo se esvaziou, transformando-se no que é hoje, ruína e periferia.
    Minha viagem tinha um motivo. Eu finalizava o romance *Estive lá fora* e, como em todos os livros anteriores, a memória regressou ao arcaico. Os personagens se moviam no Recife

urbano, mantendo um pé no sertão. Talvez temessem se perder nas incertezas da pós-modernidade. Padeço os mesmos anseios do filósofo Hermann Broch: sonho que toda grande arte pode se tornar *mythos* uma vez mais, representar uma vez mais a totalidade do universo. A cultura dos Inhamuns, por mais que apontasse para a desintegração do mundo e de valores, me parecia guardar os últimos resquícios de uma sociedade mítica.

O pretexto da viagem era reencontrar um apanhador de algodão e perguntar a ele quantos quilos apanhava num único dia. Feita a pergunta pragmática, sem a transcendência da que fizera o jovem Parsifal ao rei Amfortas, no Castelo do Graal, retomaria a escrita do romance. Em minha narrativa, eu referia que nos bons tempos, quando o Nordeste brasileiro era um dos maiores produtores de algodão, um homem colhia sozinho, sem a ajuda de maquinários, noventa quilos de capuchos. Mas guardava a lembrança de que Luiz Ferreira, vizinho de terras do meu pai, alcançava as doze arrobas: 180 quilos. Que importância tinha para o romance o dado numérico? Nenhuma. Parsifal perguntou a Amfortas por que ele sofria, e com essa pergunta mudou a hierarquia do Castelo. Meu questionamento era raso como o chão duro sertanejo, que não se deixa perfurar.

A partir de Saboeiro, percorri os dezoito quilômetros que me separavam da fazenda Lajedo, no carro de um comerciante da região. A estrada parecia ruim como no dia em que fui embora dali. A planura, o céu azul limpo de nuvens e o silêncio também pareciam os mesmos.

Luiz Ferreira não estava em casa, trabalhava na roça apesar do feriado de Carnaval. Já não era homem rico, um produtor que vendia algodão às usinas de beneficiamento. A praga do bicudo arruinara os sertanejos, acabando com o sonho do ouro branco. Na sucessão de desgraças, seu pai enforcou-se e o filho de quinze anos também pôs fim à vida. Vínculos fortes o ligavam à minha mãe e ao meu pai, amizade que o tempo e a falta de convivência não conseguiram desfazer. Tinham sido vizinhos muitos anos e os laços familiares remontavam a três gerações. Numa vez em que meu pai precisou de dinheiro, fomos de Crato a Lajedo e pedimos emprestado. Não sentíamos vergonha, os códigos sertanejos nos facultavam esse direito. Antônio Ferreira e o filho Luiz nos atenderam prontamente, sem a burocracia de uma agência bancária. Quando retornei muito anos depois para liquidar a dívida, falaram que haviam esquecido o valor e que não devíamos nada.

Não via Luiz Ferreira desde essa época, mas guardava a imagem do rapaz magro, alto, silencioso e trabalhador. Mandaram que eu seguisse de carro pela estrada, o roçado ficava longe, depois de um açude. Apesar de os 56 anos de transformações, das poucas vezes em que retornei ali, eu conseguia recompor cenários e paisagens.

Encontramos um sobrinho de Luiz, e ele quis nos guiar. Adiante avistamos uma cerca de arame farpado, o passadouro, um resto de mata e o roçado no chão de cascalhos e pedras. No meio disso, o homem alto, magro, usando chapéu de palha com abas largas, cavava a terra e atirava sementes contadas nos buracos. Caminhei de peito aberto pelo descampado, enquanto o rapaz se escondia. Se chegássemos juntos, o tio desconfiaria de quem eu era. Quando avancei até bem perto dele, me encarou. Era o mesmo, apesar dos anos.

— Luiz Ferreira, perguntei sem preâmbulos, você sabe quem eu sou?

A resposta veio pronta.

— Ronaldo de Ritinha.

Ele não me vinculava ao pai, mas ao nome da mãe.

— Luiz, eu vim aqui porque tinha uma pergunta a lhe fazer. Quantas arrobas de algodão você apanhava nos bons tempos?

— Doze.

E calou. Dos seus olhos esguicharam lágrimas, como dos palhaços no circo. Só que não havia mecanismo falso, nenhum truque. O homem cavando as pedras e os lajedos, plantando sementes a pulso, chorava de verdade.

Seguimos em silêncio pela estrada, e até o instante de minha partida Luiz não disse uma palavra. Quando entrei na caminhoneta para ir embora, soube o que ele remoía por dentro.

— Ronaldo, você tem filhos?

— Tenho, sim, já lhe falei de minha vida.

— Desculpe, tive um passamento, só estou voltando agora.

— Eu percebi.

E aí ele se aproximou de mim e tocou o meu braço, de um jeito que apenas os homens sertanejos sabem tocar outros homens.

— Ronaldo — me disse —, Ritinha e Joãozinho fizeram bem em ir embora daqui. Se você tivesse ficado, não seria o que é hoje.

Nessa hora, a esposa, que assumira um lugar dois passos atrás do marido, avançou até junto de nós e falou:

— Se tivesse ficado por aqui, sempre seria o mesmo homem. Não foi o lugar que fez ele ser o que é.

Olhei abismado o casal e segui de volta. Já tinha a resposta. No sertão ainda semeiam palavras. Poucas. De preferência, nas pedras.

Crônica para as mães

Minha mãe morreu num 16 de maio, há sete anos. Ela esperou que eu retornasse de uma viagem à França e, só depois que descansei duas noites, partiu. Esse zelo foi a marca de sua vida. Seria doloroso não estar presente na cerimônia de sepultamento. Os rituais ajudam o homem a nascer, a deixar a infância, a ingressar na vida adulta, a casar-se e a aceitar a morte.

Num único mês, meu pai perdeu dois irmãos e a esposa. A idade nos empurra às separações. Até os quinze anos, eu conhecia tios-bisavós, tios-avós e duas dezenas de tios de primeiro grau. Três gerações me precediam. Todos foram caindo, à direita e à esquerda, em vários lugares, como no poema do cearense Gerardo Mello Mourão.

Enquanto desciam dona Ritinha Brito ao túmulo, gritei versos do peruano César Vallejo e pedi vivas e palmas:

— E eu te digo: quando alguém vai embora, alguém permanece. O lugar por onde um homem passou nunca mais será ermo. Somente está solitário, de solidão humana, o lugar por onde ainda nenhum homem passou.

Mesmo partindo, minha mãe fica, anda pela casa de um modo

que nunca havíamos percebido antes. Se reproduz em nossos gestos, no modo como rimos, em atitudes e vontades. É impossível não a reconhecer na filha que arruma os pratos para o almoço, ou na caligrafia do neto. E não é apenas a lembrança dela que continua pela casa, porém ela mesma.

Não quis chegar ao Crato num avião, cinquenta minutos é tempo pequeno para se elaborar uma perda. Percorri de carro os mais de 600 quilômetros que separam o Recife do Cariri, na companhia da esposa e dois filhos. No caminho, revendo a paisagem que fotografei em 44 anos de idas e vindas, inventariava ganhos e perdas. A paisagem de um verde enganoso no ano seco, as carcaças de animais, as casas vazias e em ruínas, as cidades crescidas, os caminhões, as motos e as pessoas aceleradas nos postos de combustível conspiram a favor de mudanças. Sim, tudo virou mesmo cidade e periferia de cidade, um novo caos. Contemplo sentindo que nada posso fazer contra essa ordem que o mundo adquiriu, assim como posso bem pouco contra a ordem da doença e da morte. Procuro relaxar o corpo no banco do carro, respiro fundo e olho em torno. Ver não faz mal aos olhos.

Aos 61 anos, percebi a importância do Crato em minha vida. O vale cercado pela Chapada do Araripe se abre em verde e azul, numa beleza arrebatadora. Parece um imenso útero que nos acolhe e alimenta. Espoliado, queimado, desmatado, cheio de aberrações arquitetônicas, os rios transformados em esgotos, as nascentes fechadas em tanques de cimento, os sítios e as lavouras abandonados, o barulho sufocando o silêncio, mesmo assim, o Cariri impressiona por sua grandeza. A terra onde minha mãe nasceu, aonde cheguei estrangeiro com cinco anos, vindo do sertão dos Inhamuns, esse lugar do meu primeiro exílio é também minha casa. O Crato é a mãe. Foi isso que compreendi chorando, na tarde em que fechavam dona Ritinha numa cova de concreto.

Meus tios sobreviventes já não sabem abençoar, empulham-se quando estendo a mão e peço a bênção. Olham para os lados, esquecidos da resposta mágica. Bem diferente de quando o menino de dezesseis anos deixou a casa do pai. Deve ser a presença incômoda da morte, a consciência do fim, que o sol quente no lado de fora parece negar.

Mais tarde, quando os ritos foram cumpridos e sentamos em cadeiras em volta da cova, olhando a serra azul longe e escutando os passarinhos, nessa hora quase noite, parecíamos apaziguados e felizes.

Ninguém desejava ir embora. Para que lugar? Sei que restam apenas cinco tios e o pai na hierarquia familiar acima de mim. Depois que esses também morrerem, ocuparei a fila da frente. Penso nisso e me acalmo. Perscruto o silêncio sem medo.

Se não fosse tão cansativo

Viaja-se pela Itália com a impressão de que se percorre um extenso museu a céu aberto. Para onde giramos a cabeça há o que ver, investigar e pensar acerca da história. Você pode escolher entre ficar horas numa fila, pagar ingressos caros e ver obras de arte expostas em galerias, ou simplesmente percorrer ruas e pontes, becos e praças. Nem precisa ser um voyeur para excitar-se com o gênio de artesãos, arquitetos, engenheiros e artistas.

Contemplo o Duomo de Florença, dedicado a santa Maria del Fiore, construído ao longo de seis séculos sobre a igreja de santa Reparata, de que restam apenas achados arqueológicos. No subsolo, é possível visitar as escavações da antiga catedral em estilo românico, ver pisos, paredes e altares soterrados como as camadas de tinta num palimpsesto. Os turistas entram no Duomo sem nenhuma deferência ao sagrado, preocupados apenas em conseguir boas fotos, selfies abrangentes. Valem-se de geringonças metálicas nas quais acoplam os aparelhos celulares, e com isso distanciam suas câmeras. Os artefatos são vendidos pelos africanos que chegam à Itália.

Distanciando o aparelho celular por meio do braço mecânico,

os visitantes conseguem selfies tendo ao fundo *A morte de são Francisco*, de Giotto, a *Anunciação*, de Donatello, ou mosaicos bizantinos. São muito espertos os agitados e ruidosos turistas. Aos seus olhos infiéis, os afrescos da Santa Croce se transformam em meros bezerros de ouro.

Na rica Florença, igrejas erguidas pelo catolicismo triunfante, hoje em franca decadência, são mantidas graças ao dinheiro dessas pessoas. As antigas moradas de Deus competem parede a parede com os templos do consumo, onde se adora em vitrines e balcões de luxo as divindades pagãs Armani, Versace, Prada, Gucci, Salvatore Ferragamo, Rolex, Burberry e muitos outros santos maiores e menores do panteão da moda. Arrebatados pelo novo culto em que não é necessário ajoelhar-se nem acender velas, milhares de japoneses, chineses e coreanos, sem um único indício de suas culturas milenares, ávidos por parecerem nos sinais exteriores mais ocidentais do que os próprios ocidentais, desembolsam pacotes de euros e cartões de crédito. Vigiadas de perto pelos maridos, mulheres árabes de xador e burca também se entregam ao deleite das compras, provocando minha curiosidade sobre a maneira como elas usam peças íntimas de vestuário e sofisticadas maquiagens. Para quem e com quais motivações?

Em meio aos complexos turísticos formados por igrejas, torres, batistérios e museus, o Vaticano se destaca como o mais opulento e esmagador, com excessos beirando o kitsch, ou a mera arte pela arte, o que dá no mesmo. Se o Cristo voltasse à terra, jamais reconheceria como sua casa o mundo de ostentação e poder representado pelo Vaticano, parecendo um mercado de vendilhões. Agindo ao contrário do que pregava Jesus aos seus discípulos, largar todos os bens para segui-lo, a Igreja católica acumulou tesouros de valor incalculável. Valeu-se de métodos perversos e criminosos — o roubo, a usura, a guerra, o falso testemunho, o crime —, agindo ao contrário do que ordenam os mandamentos e cometendo pecados veniais e mortais. São tantos tesouros à mostra que se torna enfadonho e nauseante contemplá-los.

Uma visita ao Museu do Vaticano exige preparo físico de maratonista. São incontáveis salas e corredores a se atravessar, olhando para cima e para os lados, correndo o risco de um torcicolo ou uma lesão da coluna cervical. Após horas de informações repetidas, o visitante se confunde e já nem sabe o que vê.

É cômico e patético quando os guardas e um padre paramentado exigem silêncio à turba ruidosa, comprimida dentro da Capela Sistina, empurrada como os brincantes do clube carnavalesco Galo da Madrugada, na rua da Concórdia, no Recife.
— Silêncio! — gritam. — Respeito! — exigem. — Vocês estão num lugar sagrado, de adoração, na casa do Senhor. Não fotografem, não filmem. — E tome clic, clic, clic. — Ssssshhhhhhh!... — O padre puxa uma oração a que ninguém responde. Esmagados, alguns apreciadores do gênio de Michelangelo esticam os pescoços tentando ver algum detalhe que viriam com menos sacrifício num livro ou num DVD.
— Ssssshhhhhh!... — E são empurrados para outras salas com mais ostentação e riqueza.

Pobre Michelangelo, pobre artista ferido na sua fé em Deus e na Igreja que o representava, quando pintou os luminosos afrescos com episódios do Gênesis, do Juízo Final, e as figuras de sibilas e profetas. Nem esses adivinhos seriam capazes de prever em que mercado a capela se transformaria.

Uma crise sem nome

De joelhos, o homem olha um ponto indefinido no horizonte e no futuro, depois de atravessar a barreira de arame farpado. Seu rosto possui uma expressão antiga, como as cerâmicas de reis assírios, da antiga Mesopotâmia. Lembra as relíquias preciosas destruídas pelos americanos e ingleses que bombardearam o Iraque e, mais tarde, pelos membros do Estado Islâmico. A barbárie a que se referem americanos e europeus não é atributo apenas de um povo.

Absorto na investigação, o homem parece indiferente à menina que chora desesperada, talvez porque os grampos do arame feriram seu corpo frágil. A mãe também já conseguiu livrar-se da barreira e tenta consolá-la, acariciando-a com a mão direita, enquanto sustém no braço esquerdo o filho pequeno, um menino a ponto de cair. Do outro lado da cerca, um rapaz suspende os arames, a expressão aflita. Teme ser retido antes de sua travessia. O rosto possui os mesmos traços dos povos arcaicos, as civilizações que nos legaram a maior parte do saber.

O parágrafo acima não se trata de um exercício de descrição, daqueles que fazíamos na quarta série primária, olhando imagens toscamente coloridas. Trata-se de mais uma dos milhares de fotos que todos os dias aparecem nos jornais e na internet, tão comoventes que mudam o sentimento das pessoas em relação ao drama vivido pelos que tentam fugir da guerra, perseguição e pobreza no Oriente Médio e na África.

São migrantes, refugiados ou clandestinos? Perde-se tempo buscando a palavra certa para defini-los, evitam reconhecer que se trata de refugiados, pessoas buscando refazer suas vidas longe da pátria insalubre. Países como a Inglaterra e a França, que colonizaram a África e o Oriente Médio, enriquecendo às suas custas, fecham as portas e tentam barrar a entrada dos indesejados. Esquecem-se de quando ocuparam o mundo inteiro com seus exércitos, sem pedir licença e sem atravessar cercas de arame.

As fileiras de homens, mulheres e crianças se deslocando a pé também lembram os retirantes nordestinos fugindo à seca. A dor, a desolação e a miséria são as mesmas. Os nordestinos caminhavam dentro de um território chamado pátria, falavam o mesmo idioma, mas nem por isso estavam imunes à rejeição, ao desprezo e ao preconceito.

Dos campos de concentração cearenses da década de 1930 — os Currais do Governo — às propostas de barreiras migratórias em alguns estados do Sul e Sudeste, os fugitivos da seca enfrentaram barreiras reais e simbólicas, tão intransponíveis quanto as cercas do Leste Europeu. E toda vez que eles mesmos buscaram soluções para a miséria, em aglomerados como os de Canudos e Caldeirões, foram reprimidos pela força, mortos e destroçados, como se representassem ameaça à ordem estabelecida pelos mais poderosos.

Essa relação se alterava bruscamente quando havia interesse em mão de obra barata, semiescrava ou escrava, como no ciclo da borracha amazônica, na construção civil em São Paulo, na edificação de Brasília, da ponte Rio-Niterói, e na expansão de fazendas em Mato Grosso e Goiás. Nesses casos, fazia-se um trabalho de aliciamento dos sertanejos analfabetos e miseráveis através de folhetos de cordéis, violeiros repentistas e de pessoas treinadas para seduzi-los com promessas de enriquecimento fácil. A realidade se revelava bem distinta do sonho. O tráfico escravo da África para o Brasil, em navios negreiros, mudava-se em tráfico do Nordeste para o Sudeste, Centro-Oeste e Norte, em barcos a vapor e caminhões pau de arara.

Fluxo ou crise migratória? Chega um tempo em que a única chance de não morrer é partir. Isso nada tem que ver com nomadismo, expansão de território, busca de um guru espiritual. Foge-se da miséria. E esse trânsito muda a feição do mundo. Foi sempre assim, desde o começo da história. E não adianta criar barreiras, interdições, porque nada contém essa força em deslocamento. O Brasil mudou graças a ela, e a Europa certamente mudará.

Para melhor, com certeza.

Pobreza, mediocridade e bocejos

Sou do tempo da folha corrida da polícia, um papel sem qualquer significado hoje, mas que nos anos da ditadura militar era um verdadeiro terror. A Secretaria de Segurança Pública emitia o documento. Para ter acesso à universidade, ou a qualquer outro serviço público, precisávamos comprovar os nossos bons antecedentes políticos e criminais. Sempre experimentei um verdadeiro pânico quando solicitava a minha folha numa delegacia. E se eu tivesse cometido um crime de que nem me lembrava? Sou sonâmbulo, tenho pulsões e costumava pensar e expor meus pontos de vista, pouco aceitáveis, pelo regime. Quem me garantia a absoluta idoneidade? Naqueles tempos nebulosos, éramos sempre culpados de algo ilícito, até prova em contrário. Os católicos, ao rezarem o ato de contrição, confessam ter pecado muitas vezes por pensamentos, palavras, obras e omissões. A folha corrida era o nosso auto de fé.

Prenderam um amigo por engano. Foi espancado na delegacia, também por engano, e depois penou para conseguir uma folha sem mácula, que lhe desse direito ao ingresso na universidade. Humilhavam-nos todos os anos para fornecerem a prova da nossa inocência. Humilhação maior só mesmo o atestado de que éramos pobres na forma da lei. Parece mentira, mas existia esse documento perverso, exigido para se ter direito a bolsas de estudo e à residência universitária. Outorgava-se a juízes, bispos e delegados o poder de afirmar nossa penúria.

Quem morava na Casa do Estudante Universitário, anualmente precisava dobrar-se diante de um meritíssimo juiz, ou beijar o anel de um bispo, ou tremer encarando um delegado para merecer a assinatura de um deles, na folha de papel datilografado com os dizeres: Atesto que fulano de tal é pobre na forma da lei. Por sorte ou azar, ao término da ditadura quase todos os cidadãos brasileiros haviam ingressado na faixa de pobreza, e o atestado tornou-se desnecessário.

A seleção para a Casa do Estudante Universitário não se fazia por critérios intelectuais, aptidões científicas, filosóficas ou artísticas. Escolhia-se os estudantes não transgressores, sem vocação política e que, preferentemente, não pensassem. Nas longas entrevistas com uma assistente social bocejante, representávamos o papel de bons rapazes, membros de uma família convencional, educados nos princípios cristãos, empenhados em alcançar o sucesso financeiro. Repetíamos um texto decorado, que não feria os princípios do golpe militar de 1964. Os mais experientes nos recomendavam a parecer medíocres e indigentes.

A história recente do Brasil já rendeu canções de protesto, versos camuflados, tortura e mortes. Ainda provoca revolta ou humor e, de tão absurda, parece mentira. Liev Tolstói define o caráter de alemães, franceses, italianos, ingleses e dos próprios russos pelo traço de segurança que cada um expressa. O russo, ele afirma, está seguro de si mesmo porque não sabe de nada, de nada quer saber e não crê que se possa conhecer perfeitamente o que quer que seja. Um pouco parecido conosco. O talento para a farsa nos rendeu definições do que seja brasilidade, mas ainda precisamos inventar epítetos e conceitos que melhor representem o caráter nacional. Pena que Euclides da Cunha só tenha falado mal dos sertanejos.

Pensando em não desperdiçar a vasta experiência burocrática acumulada do Império à República, sugiro que se reinstitua a folha corrida da polícia para os candidatos políticos. Que eles provem bons antecedentes, total isenção no desvio de verbas, tráfico de drogas e outras corrupções e falcatruas. E que ao final de cada mandato, apresentem um atestado de pobreza pela forma da lei, onde não constem gordas contas bancárias nos paraísos fiscais.

E também provem que o atestado não foi uma negociata com juízes, bispos e delegados de polícia. Dessa maneira, a joia da burocracia nacional, que serviu para transformar oprimidos em humilhados, voltará ao pleno uso.

Milonga de Cândido Pinto

Cândido Pinto morreu.

Lembrei a "Milonga de Manuel Flores", do poeta Jorge Luis Borges: "morrer é um costume/que sabe ter toda gente".

Poucos conhecem Cândido Pinto nos dias de hoje. Mas na década de 1960, quando agitava o meio estudantil com seu discurso libertário, a polícia acompanhava todos os passos que ele dava. Uma fotografia da época, a última em que aparece de pé, revela um rapaz alto e magro, de ar tranquilo e sonhador. Em 1969, ao receber a bala que o deixaria paraplégico, matando-o 33 anos depois, já vivia na clandestinidade. O curso de engenharia elétrica, começado quatro anos antes, foi interrompido por repetidas prisões e viagens a serviço da União dos Estudantes de Pernambuco. Eleito presidente, lutava para restaurar a União Nacional dos Estudantes, UNE, fechada pelos militares. Ao filiar--se ao Partido Comunista Brasileiro Revolucionário, optou pela luta armada, deixando de morar na casa dos pais e de frequentar a universidade.

Preso repetidas vezes e condenado pela Justiça, apelou, fugiu e se escondeu, como fizeram muitos estudantes de biografia igual durante a ditadura militar. No dia em que tudo começou, ele aguardava um ônibus na Ponte da Torre, no Recife. Havia saído de uma reunião do partido. Como em outras histórias dos tempos da repressão, foi abordado por homens encapuzados e armados, que ocupavam uma Rural Jeep. Reagiu, temendo o destino que o aguardava. A primeira bala partiu os seus óculos, ferindo-o no rosto. A segunda penetrou pelo ombro esquerdo, atravessando o pulmão e lesando a coluna vertebral. Cândido tombou na ponte e nunca mais experimentou o movimento das pernas, nem sentiu ter um corpo abaixo do peito.

Mesmo com a forte censura, a imprensa do Recife noticiou o atentado, os estudantes entraram em greve, houve protestos e denúncias. Para Cândido, que sonhava sacrificar a vida pela causa revolucionária, a perda dos movimentos era um preço menor, mesmo assim muito elevado. Começou nova luta para manter-se ativo numa cadeira de rodas, atuar politicamente, voltar a estudar, produzir e amar.

Se "morrer é haver nascido", Cândido não pôde esquecer um único dia, dos que viveu pela frente, dessa morte que gostava de desafiar nos tempos de luta armada. Ela instalou-se no corpo, paralisante e infecciosa, lembrando o encapuzado traiçoeiro que o imobilizou.

Nunca perguntei a Cândido Pinto o que ele pensava dos impulsos de jovem estudante. Sempre que conversamos, preferimos discorrer sobre teatro, literatura, cinema e música, que me parecem temas abstratos. É possível que ele seja o herói de um tempo em que se acreditou mudar o Brasil pela revolução social, não faltando quem para isso sacrificasse a vida e a família. Um tempo bem parecido com o que vivemos agora, cheio de angústia, temores pelo futuro de nossa democracia, falência da Justiça, do Legislativo e do Executivo. As mesmas ameaças das Forças

Armadas, a indiferença dos poderosos pelos pobres. Tempo de desigualdade social, corrupção e ganância de quem já possui em excesso. De imprensa contaminada por interesses, manipulando ao seu bel-prazer a informação.

O meu filho mais jovem, nascido num Brasil depois, estranhou o clima de dor e celebração no enterro de Cândido. Quando um dos seus companheiros estendeu a bandeira do partido sobre o caixão do morto, tentando estabelecer um elo com a causa pela qual ele se martirizou, o meu filho intuiu que também se morrem por ideais.

Mesmo sem nunca ter feito a pergunta, mesmo sabendo que Cândido desafiou a morte de perto, suponho que ele amava a vida. E que não estava feliz diante da morte finalmente consumada, após 33 anos de luta contra o espectro de uma bala.

Novamente evoquei a "Milonga de Manuel Flores":

Apesar disso me dói
Despedir-me da vida
Essa coisa tão de sempre
Tão doce e tão conhecida.

O ano em que torci contra a Seleção Brasileira

Na Copa de 1970, eu estudava medicina no Recife. Dividia um apartamento com sete colegas, do Cariri e dos Inhamuns. Os estudantes do sul cearense escolhiam o Recife como destino. Era histórico, desde que José Martiniano de Alencar, o padre, veio formar-se no Seminário de Olinda, e daqui saiu levando as ideias republicanas da Revolução de 1817. Rapaz danado esse padreco filho de dona Bárbara de Alencar — a primeira presa política da história brasileira —, pai do grande romancista, injustamente maltratado pelos modernos.

Havia um acordo tácito entre os universitários politizados à esquerda de não se torcer pelo Brasil. A ditadura militar, no auge da repressão pós-AI-5, transformara a Seleção Brasileira e a Copa num instrumento de propaganda do regime, um meio de cegar as pessoas para os horrores que praticavam. Percebíamos revoltados como os milicos manipulavam os resultados dos jogos a favor deles. O desejo de conquistar a taça Jules Rimet era um sonho nacional acalentado havia anos. A vitória significaria a felicidade absoluta. Usava-se o patriotismo futebolístico, uma invenção brasileira, a favor de quem usurpava o poder. E nós, os mais politizados, os barbudos ateus comunistas, percebíamos isso com revolta e fincávamos pé numa decisão: não veremos nenhum jogo e vamos torcer contra a Seleção Brasileira.

Amarga escolha. Recife, a cidade mais festeira do Brasil, cobriu-se de verde e amarelo. Era um carnaval a cada vitória que nos aproximava da taça. Ninguém queria saber de nada a não ser de futebol, os militares podiam matar e esfolar metade do país que não se tomava conhecimento. Eu parecia um monge cheio de luxúria, fazendo voto de castidade. Um glutão em dieta vegetariana ou um alcoólatra indo às reuniões do AA enquanto os amigos biritavam no bar da esquina. Resistia bravamente. Era um alívio quando terminava uma partida, embora o Brasil fosse vitorioso e nosso desejo de cidadãos diferentes da massa manipulada era o de que o Brasil perdesse. Ah, mentira besta, a maior de toda a minha vida.

Junto ao imóvel que alugávamos, um prédio de quatro apartamentos estilo anos 1950, corria o Capibaribe, o rio que todos nós cearenses sabemos com inveja que se junta ao Beberibe, para formar o oceano Atlântico. E por cima do rio, a ponte da Madalena, onde uns pescadores bêbados e sem futuro, moradores de rua, vinham jogar as redes e os anzóis para pescar coisa nenhuma. Pescavam cachaça com a língua, o palato e a garganta, no gargalo de uma garrafa. Era na companhia desses cidadãos altamente qualificados que eu buscava consolo, enquanto a bola rolava e os gritos de gol troavam.

Na final contra a Itália, quase morro. Sentia-me tão desorientado que me arrisquei a beber a mistura de álcool e água dos meus companheiros pescadores, com nojo do cuspe seboso que eles deixavam na boca da garrafa. Fazer o quê? Era a minha opção política e não podia voltar atrás. Entrar no apartamento com o rabo entre as pernas e aguentar o achincalhe dos colegas, que escarneciam meus arroubos vermelhos? Não! Nunca! Preferia me atirar da ponte, mesmo sabendo que o rio era bastante raso e no máximo eu me atolaria na lama e seria incomodado pelos caranguejos. Descalço, sem camisa, apenas com um calção de jogador — Epa! Que deslize! Ainda bem que nenhum companheiro da patrulha ideológica me viu —, era a imagem da desolação, um fantasma quase embriagado. A cada grito de gol e estrondo de fogos, ficava de orelhas em pé, querendo saber o resultado do jogo. Quatro a um na Itália?

Quatro a um, tem certeza? É claro. Você foi o único que não assistiu à partida. Cadê seu patriotismo? Meu patriotismo bêbado com a mistura de álcool e água se espantava com o rebuliço, o movimento de carros e ônibus nas ruas antes desertas, sem um pé de gente. O transporte de graça, do jeito que o povo gosta, para todos irem comemorar no centro da cidade, um arroubo generoso do prefeito nomeado sem eleição e do governador biônico. De repente, lá estou eu sem camisa, descalço, o calção de jogador, a cabeça etílica, entrando no ônibus pela porta da frente, na rua do Paissandu, quando ainda era uma das mais belas, cheia de palacetes e casarios azulejados.

Vou, me levam, danço feito maluco, acompanho uma orquestra de frevo, abraço desconhecidos, beijo o pavilhão nacional mil vezes, grito Brasil, Brasil e continuo desse jeito até que a bebedeira passa.

Caio em mim. Sou um fracasso, uma vergonha política, tudo por causa dessa porcaria de futebol.

Os eleitores vinham às carradas

Antigamente, os homens mandavam costurar um paletó para usarem no casamento e em todas as ocasiões importantes da vida. Atravessavam anos com o mesmo vestuário e, por fim, se enterravam com ele. Meu pai se casou com terno de linho diagonal branco, uma gravata e um lenço de seda vermelhos, adereços sofisticados no mundo sertanejo. Os filhos cresceram vendo o paletó num guarda-roupa, de onde saía apenas nos eventos importantes como as eleições.

Quando Jânio Quadros se elegeu, o pai, que era um udenista ferrenho, envergou seu paletó de linho e pôs um broche dourado com uma vassourinha, símbolo do candidato. O novo presidente havia prometido na campanha varrer todas as podridões da política nacional e acabar com as brigas de galo. As mesmas promessas pífias que ouvimos agora.

No dia da vitória de Jânio, meu pai chegou tarde em casa. Ficara bebendo e conversando com os amigos. Enquanto comemoravam, um caminhão desfilou pela cidade arrastando uma imensa vassoura fabricada com palha de carnaúba, que levantou uma poeira dos infernos. Nosso vizinho de rua queimou uma bateria de cem bombas. Um rebanho de gado, subindo ao matadouro para o abate, assustou-se com o tiroteio e entrou no palácio do bispo. Eram os acontecimentos eleitorais. As pessoas se ocupavam com eles por semanas. Os homens se reuniam na praça Siqueira Campos, depois da sessão de cinema, e esqueciam a hora de voltar para casa, entretidos com política. No Crato, os partidos de força eram a UDN e o PSD, sendo o primeiro conservador e de direita. Havia o PTB, mas sua representação foi sempre pequena. Também existiam comunistas, misteriosos e cercados de folclore. Somente depois do golpe de 1964, quando assistimos a alguns desses militantes serem presos, percebemos o quanto eles eram ingênuos e as forças de repressão, truculentas.

Nossa casa de esquina dava para um pequeno bosque de eucaliptos, ipês e oitizeiros, mais tarde transformado num parque municipal. Nos dias de votação, caminhões vindos do interior do município descarregavam carrocerias de eleitores, gente transportada como se fosse gado. Eram moradores de engenhos, sítios e vilas, conhecidos como currais eleitorais. Os patrões escolhiam em quem eles votavam. As chances de um candidato local eleger-se dependiam de quantos currais possuía. Os candidatos conquistavam esses ajuntamentos de votantes com promessas de emprego e favores aos donos de terra e gente.

As pessoas recebiam envelopes com as "chapas" prontas, papéis estampando o retrato e o nome do candidato. Votar consistia em pôr o envelope na urna. Adestravam os analfabetos a escrever o nome próprio, numa garatuja quase sempre ilegível. A maioria dos eleitores já era analfabeta.

Mudaram as urnas, tornaram-se eletrônicas, mas a inconsciência de quem vota continua a mesma. Os guias eleitorais ficam sob controle dos partidos com mais coligações. Assim eles garantem tempo maior no rádio e na TV, assemelhando-se à voz do patrão.

No fim, assistimos ao mesmo massacre. Nenhum candidato fala o que pensa, mas o que sugere o seu marqueteiro.

    Os donos de currais eleitorais e de gado bovino matavam um boi, que era assado debaixo das árvores, no bosque ao lado de casa. Os eleitores enchiam a barriga, arranchavam-se como romeiros, sentiam-se importantes e bem tratados por um dia. Pagavam a conta com o voto. Também usavam as melhores roupas, mas não consigo imaginar onde essa gente se aliviava das necessidades fisiológicas. Talvez em alguma moita das proximidades. Por que isso me preocupa? Apenas porque me lembrei de que naquele tempo, como agora, o saneamento básico era sempre uma promessa de campanha.

    Papai vestia o paletó branco de linho diagonal. Ninguém dava nó em gravata melhor do que ele, um perfeito Double Windsor. Também punha o lenço de seda francesa, dobrado com um charme especial, deixando três ou quatro pontas aparecendo na lapela. Tudo isso para votar, porque achava o voto uma coisa séria. Ouvia o rádio, lia jornais, conversava com amigos, mas sempre escolheu candidatos à direita.

    Deixava-se enganar por discursos falsos e promessas vazias, brigava por seus candidatos. Não me lembro se tinha preocupação de que o Brasil melhorasse, tornando-se mais justo e igual. Acho que não considerava essas coisas.

    Nos últimos anos, deixou de vestir o paletó para votar. Tornou-se debochado, ia às urnas com uma bermuda velha.

    Imagino que perdeu o interesse.

Brigam Espanha e Portugal no sertão cearense

O historiador Capistrano de Abreu sugere um estudo mais profundo da colonização dos sertões brasileiros. Queixa-se de que a maior parte da nossa história não vai além do litoral. Isto é compreensível, porque foi no litoral que cresceram as grandes cidades e escolas, ficando os sertões num isolamento que só diminuiu com o avanço das estradas. O desterro em que viveram populações inteiras justifica a permanência de hábitos alimentares, narrativas orais, cantos e danças. Até bem pouco tempo era possível encontrar um Portugal e uma Espanha, que já não existem mais, em interiores nordestinos esquecidos no tempo. Porém tudo mudou de forma radical com a chegada da televisão, do telefone celular e da internet.

A literatura brasileira mais fiel à épica sertaneja é o *Grande sertão: veredas*, de Guimarães Rosa. Ou será *Os sertões*, de Euclides da Cunha? No primeiro, uma ficção, o enredo maior é a disputa entre bem e mal, os bandos de jagunços de Joca Ramiro e do Hermógenes. No segundo, livro de sociologia, geografia e história, a mesma disputa entre bem e mal, representada no povo pobre de Canudos e nas forças policiais da riqueza e do poder instituído.

Três livros pouco conhecidos no mundo literário ilustram como vivemos à margem do nosso passado: *O clã dos Inhamuns*, do cearense Nertan Macedo; *Os peãs*, do também cearense Gerardo Mello Mourão; e *Os Feitosa e o Sertão dos Inhamuns*, do brasilianista Billy Jaynes Chandler. Neles, somos apresentados à colonização do Ceará, ocorrida a partir do final do século XVII, e descobrimos que as narrativas sertanejas guardam semelhança com a épica e a tragédia gregas.

No princípio, duas famílias, os Monte e os Feitosa, guerrearam entre si durante cem anos, disputando terras e poder no sertão dos Inhamuns, Cariri e Icó, aliadas às tribos indígenas locais. O território da guerra é maior que o de muitos países europeus. Nessa épica, um pedaço da história de além-mar é transposto para o Nordeste. Os Monte eram cinco irmãos, dois homens e três mulheres, de origem espanhola, que vieram da Europa, fugindo ao rigor da Inquisição. Dois deles, Geraldo do Monte e sua irmã, Isabel, adentraram o sertão pernambucano e vieram ter ao Ceará. No engenho Currais de Sirinhaém, em Pernambuco, residiam os Feitosa, de origem portuguesa, que se comprometeram no Levante dos Mascates. Para evitar perseguições, fugiram para o interior do Ceará, onde se fixaram nas proximidades de Icó. As duas famílias se encontram e se cruzam. Isabel, a irmã enviuvada de Geraldo do Monte, casa com Francisco Feitosa, da família de Sirinhaém.

A trama está armada. Questões de honra e disputas pela terra colocam os Monte e os Feitosa em palcos diferentes. A Ibéria se transpõe para as terras secas cearenses. A Espanha representada por perjuros e Portugal, por insurrectos. Guerras e rivalidades seculares se continuam na paisagem de angicos, aroeiras, imbuzeiros, jucás e pereiros, no leito seco de rios que só correm no inverno.

Em vez de castelos de ameias, casas de taipa de cumeeiras altas, mais tarde substituídas por casarões de tijolo, alpendrados, alguns com pedestais de mármore vindos da Itália. No lugar de armaduras e brasões de metal reluzente, gibões e quipás confeccionados com o couro fornecido pelos rebanhos apascentados no planalto. Os luxos de ouro e veludos só irão aparecer depois. No início, existe apenas a dureza da terra, a lei bárbara, solidão e matança para garantir o poder. A união proposta pelo casamento degenera em guerra. O sangue ibérico, mesmo diluído em gerações, é sempre o de espanhóis e portugueses disputando domínios.

Visão da praça de Maio

Quantas vezes rodeei essa praça, onde mulheres giram num círculo infinito, como se esmagassem uvas num lagar? Em vez de produzirem vinho, seus pés chafurdam sangue. São as mães da praça, Marias de Maio na praça das Mães.
 Não me importo de ficar um dia suspenso pelo braço de uma grua, pintando de branco a Pirâmide de Maio, desde que eu possa contemplar o céu azul limpo, sem uma única mancha vermelha, nada que recorde batalhas em que muitos pereceram.
 (Onde fica o sul? Por favor, o sul. Nesse lugar, velaram um morto cujo nome já nem lembro. Os livros de autores argentinos pairam sobre minha cabeça como nuvens carregadas de chuva.)
 Quanto mais alto sobe o jovem pintor em sua grua — com um balde de tinta branca e um pincel de cerdas grossas —, compenetrado em camuflar manchas na Pirâmide e gemidos de mães, quanto mais ele sobe, mais longe enxerga os modernos edifícios da cidade, erguidos sobre os pampas.
 (A lembrança reclama novamente: apontem-me o sul, o charco escuro e o homem acossado por milicos.)
 Restarão planuras em Buenos Aires, o limite perdido? Por que

me fecharam nos cubículos estreitos de uma casa de câmbio? — grades, grades, grades —, submarino onde esperei humilhado que me trocassem dólares, inseguro, as mãos trêmulas, sem acordo em acertar a escrita do próprio nome.

Mulheres brasileiras desfilam seus corpos perfeitos sob os flashes que as desnudam. Rapazes brancos se cumprimentam com beijos. Um homem negro escova a pele com as unhas, despido como um místico jainista, coberto apenas de céu e suor.

Indiferente ao movimento na praça, o operário no cubículo da grua se esmera em pintar o monumento. Talvez não se pergunte nada, nem por que nem para quê. Pinta, simplesmente. Trabalha. Da mesma maneira, plantaram dezessete cruzes nos jardins em volta, tumbas de soldados que morreram defendendo o litoral.

Patagônia, 1982. Leio numa placa acintosa. Os turistas e o jovem pintor talvez não desejem ler.

Tanta beleza na praça, tamanha grandeza esmagadora. Plantadas ao meio, as dezessete tumbas. O que elas significam para as duas mulheres brasileiras de curvas perfeitas? E para o rapaz ganhando o salário de pintor?

A praça e o belo.

Os tapumes parecendo instalações de uma pinacoteca nem ofuscam seu esplendor rosado.

[...] *Pois que é o Belo*
senão o grau Terrível que ainda suportamos
e que admiramos porque, impassível, desdenha
destruir-nos? [...]*

*Rainer Maria Rilke, *Elegias de Duíno*.

Bem mais longe, a estátua de Cristóvão Colombo ouve os sinos da Catedral Metropolitana e pensa nos esforços da navegação. Gira a roda de turistas brasileiros, esperando as três horas da tarde. O sol é bom, o ar perfeito.

No Café Tortoni, homens aposentados jogam. Num canto de parede, o retrato de Federico García Lorca resiste aos ideais políticos e ao fuzilamento que o matou. Torcem o nariz à sua poesia cigana. Comovem-se ao lembrar a morte inútil.

Servem almoço. De um filé-mignon escorre sangue vivo. Por segundos, todos esquecem o peso da praça de Maio e a leveza que a mantém suspensa.

Concentram-se apenas na carne sobre o prato.

E por falar em viagem

Encontrei um amigo, professor de física na universidade. Fiz a besteira de perguntar:

— E aí, como vai?

Ele nem me deu tempo de refazer a pergunta num conceito menos cinemático. Embora seja especialista em quântica, gastou todas as suas milhas.

— Agora em setembro, fico quinze dias em Ohio. Em outubro, viajo ao Japão para um congresso. Em novembro, passo uma semana em Madri. Em dezembro, volto duas vezes aos Estados Unidos.

Eu apenas desejava saber como ele ia de saúde, no casamento e no esporte a vela. Esqueci o quanto se tornou perigoso conjugar o verbo "ir", sobretudo nas frases interrogativas. Tenha cuidado ao fazê-lo, você poderá ser bombardeado com narrativas tão enfadonhas quanto as viagens do veneziano Marco Polo, ou o relato das cidades invisíveis de Italo Calvino.

— Mas você está bem? — tento reverter a pergunta.

— Quem não estaria bem na perspectiva de um Ano-Novo em Paris?

Mesmo alojado numa água-furtada, no sexto andar de um prédio sem elevador, no bairro de Montmartre. No cômodo exíguo, fica-se de pé em pouco mais de seis metros quadrados. No espaço restante, é preciso engatinhar.

— E sua maravilhosa casa na Várzea, com jardins tropicais? Não sente falta da amplidão? — arrisco-me tímido.

— Paris é Paris.

— Bela frase — comento.

— Em Paris, vive-se nas ruas e nos cafés.

— Um pouco complicado para mim, que sou escritor e só consigo trabalhar em casa.

— A grande literatura francesa foi produzida em cafés.

— Faz algum tempo, não? Quando estive em Paris, pagava-se uma fortuna por um cafezinho. De pé, no balcão, custava um preço. Sentado dentro da cafeteria, outro valor. Na calçada, com direito a cadeira e mesinha, o equivalente ao salário de um mês. E o relógio marcava as horas.

— Exagero! Pra que é que se ganha dinheiro?

— Pra gastar...

— ... Isso mesmo, pra gastar nas viagens. Não reparou que todo mundo está viajando?

— É verdade, alguns bem desconfortáveis. Viu os filmes sobre imigrantes tentando entrar na Inglaterra ou na Suíça?

— Nunca vi.

— Seria bom ver.

— Viajo como professor, tudo pago pela universidade.

— É mais confortável.

— Em maio estarei em Berlim, num congresso.

— Puxa. E tua mulher?

— Também faz as viagens dela, pelo Departamento de Matemática.

Arrisco mais uma pergunta:
— E vocês se encontram?
Ele ri seguro. Nada como a convicção dos físicos e matemáticos, sabem exatamente o que desejam e por isso escolheram exatas. Escritores optam por humanas, um caminho tortuoso e escorregadio.
— Quando os congressos coincidem na mesma cidade, costumo vê-la.
Tento dizer alguma coisa, mas ele se antecipa:
— Por qual motivo nosso casamento dura tanto?

Admirável mundo virtual

Jantamos num bistrô do Recife. Na mesa à direita, um casal se distrai com os smartphones. A moça vez por outra mostra imagens ao acompanhante. Apressado, o rapaz afasta os olhos do seu aparelho, vê o que a esposa lhe aponta — reparei nas alianças fornidas na mão esquerda —, faz comentários monossilábicos e retorna às próprias investigações. A moça, que me parece grávida ou um pouco roliça, ri bastante, tentando chamar a atenção do marido.

Não tenho dúvida, os dois são casados, a aliança no dedo da mão esquerda parece uma argola. O garçom traz a carta de vinhos, e ele pede cerveja. Ela prefere coca zero. Servem a entrada, uma linguine de pupunha com laranja, agrião, queijo de cabra holandês e butarga. O casal belisca a iguaria sem se desligar das telas, os dedos movendo-se nos teclados com a agilidade de um caixa bancário contando cédulas. O garçom traz a segunda cerveja, ele bebe, ela descansa as pernas sobre o sofá, está mesmo grávida, o obstetra recomendou manter as pernas elevadas para evitar edema e varizes. Contempla o futuro pai sentado à frente, esboça mostrar algo, porém recua a meio caminho, o smartphone quase tocando a linguine fria.

Durante longo tempo, os dois ficam mudos, como se uma parede de blindex os separasse. O garçom traz os pratos, os esposos interrompem a comunicação em rede e admiram o jantar conceitual do chefe francês, fotografam, postam no Instagram e mastigam em silêncio.

Na mesa à esquerda, três mulheres ocupam um sofá. Uma delas, se exercita freneticamente no seu smartphone computador/câmera fotográfica/GPS/conselheiro sentimental/astrólogo. As outras olham fotos num tablet. Por mais que alongue o pescoço não consigo ver as imagens. Consolo-me dizendo que não se trata de nada imperdível, pois as duas bocejam entediadas. Dois homens sentados em cadeiras, de frente para as três mulheres, falam animadamente de negócios, enquanto tomam vinho. Ao lado deles, alheia ao ambiente, uma jovem silenciosa contempla as flores de um jarro pequeno.

Voo do Recife a Londrina, aguardo embarque durante quatro horas no aeroporto de Guarulhos. Releio as cartas de Rilke a um jovem poeta, sublinho com lápis que "se imaginarmos a existência do indivíduo como um quarto mais ou menos amplo, veremos que a maioria não conhece senão um canto do seu quarto, um vão de janela, uma lista por onde passeiam o tempo todo, para assim possuir certa segurança". Passeio aborrecido entre pessoas que também esperam aviões, ocupadas com aparelhos celulares de tecnologia infinita. Abandonei a leitura de *O som e a fúria*. Porém o traçado das salas de espera por onde caminho, depois de ter revisado uma conferência pela décima vez, não é menos maluco. Um rapaz senta junto de mim, retira uma banana da mochila e come-a com sofreguidão. Gesto insólito, perfeito para um diálogo. Mas ele saca um headphone da bolsa, liga-o no celular, acompanha com os pés a música que eu não escuto, balbucia palavras em inglês, me parece maluco.

Ninguém é mais saudável do que Benjy, o doidinho de Faulkner, ele chora por tudo. Também vou chorar, não prestam atenção em mim. Ninguém olha para ninguém, ninguém escuta ninguém, ninguém fala com ninguém, ninguém lê livros — o que seria pretexto para um início de conversa —, todos com seus fones, os ouvidos tapados para o mundo, os olhos recusando-se a ver o que não seja uma tela. E se eu disser ao rapaz comedor de bananas que "somente quem está preparado para tudo, quem não excluiu nada, nem mesmo o mais enigmático, poderá viver sua relação com outrem como algo de vivo, e ir até o fundo de sua própria existência?". Ele irá rir e trocará de cadeira.

Onde se escondem os leitores brasileiros? É o tema de minha conferência em Londrina e Curitiba. Nesse aeroporto eu não enxergo nenhum deles. Mas preciso ter essa resposta na ponta da língua, uma conversa afiada que justifique o cansaço da viagem e os trocados que me pagam. Onde estão os leitores invisíveis? Eles são como as cidades de Calvino, chega-se a eles por caminhos indiretos, percursos enviesados, sem jamais alcançar o âmago. "A cidade de quem passa sem entrar é uma; é outra para quem é aprisionado e não sai mais dali." Ninguém entra na cidade dos livros. Eu continuo preso nela, como um Sísifo ou Prometeu fazendo a apologia da própria condenação.

Felizmente a aeronave decola. Logo mais o hotel, o quarto, a cama, depois de um voo de 45 minutos. Sentados atrás de mim, o jovem casal e a filhinha de meses. A menina gargalha precocemente, os pais cochilam. Por que a menina ri? Ainda ignora a existência de "uma lista" por onde passeará seus dias. Os pais certamente acreditam que "em redor de nós não há armadilhas e laços, nada que nos deva angustiar e atormentar". Quarenta e cinco minutos passam ligeiros. O comissário de bordo anuncia que o avião iniciou descida, pede que elevem os recostos das poltronas, recolham as mesinhas, desliguem os aparelhos eletrônicos. A menina grita alucinada. Também sinto dores nos ouvidos, sou como as crianças que não desenvolveram completamente o sistema auditivo.

Pousamos, os avisos de atar cinto continuam acesos, os passageiros se apressam em ligar os smartphones, antes de se abrirem as portas do avião. A menininha volta a rir alto. Quando me levanto, cumprimento o casal. Digo que sou médico, explico que os bebês choram nos pousos das aeronaves porque sentem dores nos ouvidos. O casal troca olhares. O pai explica que a filha costuma viajar e não sente nada. Ela gritava porque tiveram de desligar o filminho a que assistia no tablet. Percebo a engenhoca religada. A criança ri, agita-se, bate na tela com as mãozinhas.

Uma princesa feliz para sempre no seu castelo virtual.

Outra revolução

Escutei Mangabeira Unger, numa manhã ensolarada de fevereiro de 2008, na velha cidade de Olinda, falando para agentes culturais e lideranças municipais sobre questões do desenvolvimento brasileiro. O então ministro extraordinário de Assuntos Estratégicos viajava pelos estados ao lado de Gilberto Gil, numa caravana de debates em que expunha propostas para a transformação do país. Entre os compromissos do projeto estavam a afirmação de nossa originalidade e a radicalização do experimentalismo. O discurso de Mangabeira Unger, carregado nos tons revolucionários, emocionou a plateia pernambucana, gente acostumada aos movimentos libertários.

Próximo ao local do encontro com os dois ministros fica o seminário onde há mais de duzentos anos foram discutidos os ideais da Revolução de 1817, um evento pouco conhecido até mesmo pelos pernambucanos. A Revolução dos Padres, como foi chamada, teve como propagadores e mártires "sacerdotes lidos em filosofia revolucionária, o que no Brasil daquela época significava uma revolta da inteligência", escreveu Oliveira Lima.

A conspiração se fazia nas lojas maçônicas, no comércio, nos quartéis, em reuniões patrióticas, a portas fechadas ou abertas. A prisão dos suspeitos, decretada pelo governador de Pernambuco, precipitou os acontecimentos. O capitão José de Barros Lima, o Leão Coroado, reagiu às ordens do seu comandante e matou-o. Era 6 de março de 1817, o primeiro dia de uma república formada pelos estados de Pernambuco, Rio Grande do Norte e Paraíba, que duraria pouco mais de três meses. As ramificações baiana e cearense não vingaram, a Bahia tornou-se o centro de onde partiram as ações repressivas ao movimento separatista.

Os revoltosos foram presos, deportados ou executados por fuzilamento e enforcamento. Seus corpos, arrastados por cavalos nas ruas do Recife, tinham as mãos, os pés e as cabeças cortados e depois expostos em pontes e praças. Um saldo de centenas de mortos e banidos, talvez o maior da nossa história colonial e imperial. Mas os pernambucanos não se intimidaram e sete anos depois ressurgiram noutro movimento republicano, a Confederação do Equador, que terminaria com o suplício de Frei Caneca.

Oliveira Lima considera que a Revolução de 1817 "foi um sinal mais dos tempos, a manifestação de uma combinação de impulsos em que entravam o amor exagerado, literário se quiserem, filosófico mesmo, mas em todo caso ativo, da liberdade, e uma noção jactanciosa da valia americana". E, citando o abade Pradt, "pela primeira vez, tratando-se do Brasil com relação a Portugal, uma parte da América aprendera a levantar a cabeça mais alto que a Europa e dar leis àqueles de quem tinha por hábito recebê-las". Embora muitas vezes se refira com desdém ao movimento pernambucano, sobretudo aos excessos teóricos e pouco práticos da Revolução, reconhece que ela "tinha condições em si para vingar e expandir-se, tornando-se Pernambuco o centro de atração do Brasil independente, ou mais verossimilmente a primeira seção independente do novo Reino desagregado".

O ministro Mangabeira Unger traçou projetos para o futuro do Brasil. Seu discurso poético e filosófico sugeria incorporar o social na lógica da transformação econômica, exaltava a divinização do homem, propunha pensarmos no futuro e viver o presente, incitava a nos rebelarmos contra a falta de justiça e de imaginação, estimulava a produção como diversificação permanente e descentralizada.

Ao anunciar isso, houve um leve frêmito na sala, sem palmas nem gritos, tão comuns à nossa exaltação.

A África mudou-se para a França

De Montmartre, fui caminhando ao quartier de la Goutte d'Or, no 18º arrondissement. Nunca estive na África, mas imaginei--me na República dos Camarões. Ou passeando em Salvador. Também lembrei o Harlem de Nova York e Mission, um bairro de San Francisco, na Califórnia. Quem me levou ao quartier foi Camilo Soares, um pernambucano que reside há cinco anos em Paris, onde estuda cinema. Sentia-me cansado de museus e igrejas, da burocracia dos passeios turísticos, previsíveis e tediosos. Desejava conhecer outra Paris.

Os franceses colonizaram boa parte da África negra — Senegal, Mali, Guiné, Níger, Togo, Camarões, Costa do Marfim, Congo, Benin, República Centro-Africana — e da África magrebina — Marrocos, Argélia, Tunísia e Mauritânia. Durante anos, enriqueceram às custas de suas colônias. Ao contrário dos portugueses, quase sempre se mantiveram separados e brancos, não dando margem a tratados de sociologia morena como *Casa-grande e senzala*. Não há bons métodos no colonialismo, mesmo que teóricos insistam em afirmar ganhos para os colonizados.

Nenhum dos países referidos alcançou o mesmo grau de prosperidade da França, nem culturalmente, nem em qualquer outra riqueza mensurável. A prova disso é o crescente movimento migratório de negros e árabes, todos fugindo da miséria, da fome e da violência nos seus países de origem. Eles se julgam no direito de viver em solo francês, assim como os franceses se julgaram no direito de usar os métodos violentos da colonização e explorá-los. Um pouco da África instalou-se em Paris. Escutamos idiomas e dialetos em meio ao francês dos negros. Nos mercadinhos vendem inhame, cará, macaxeira, dendê, farinha, feijão-preto, pimentas, vísceras para buchada, amendoim, gergelim, o que se compraria na Guiné ou num mercado do Recife. Durante o dia, quase não se vê brancos em La Goutte d'Or. Os negros predominam, sobem e descem ruas vestidos nas roupas de sua terra, falando alto e gesticulando, bem diferentes dos franceses do Marais. Numa loja encontrei imagens de santos do catolicismo, velas de xangô, rosários dos árabes, quinquilharias chinesas e objetos de sex shops.

Num café, onde éramos os únicos brancos, escutei bossa nova e a voz de Agostinho dos Santos. Senti-me em casa. Não propriamente tão igual, porque embora estejam num país que não é o deles, os negros da França possuem uma desenvoltura que não é comum entre as populações negras e pobres brasileiras. E também porque o café servido era excelente, como não se costuma tomar no Brasil, o maior produtor de grãos do planeta.

Desejei ficar uns dias em La Goutte d'Or. Conheci naquele bairro de imigrantes uma França nova, à margem do caminho traçado pelos guias turísticos. Talvez no futuro o quartier siga o mesmo rumo dos bairros propagados em folhetos de portarias de hotel. O meu guia Camilo Soares aconselhou-me a não passar por ali à noite. Os traficantes de droga tomam as ruas e há sempre o risco de assaltos e violência.

Quando colonizaram a Indochina, atual Vietnã, os franceses estimulavam o consumo de ópio pelos nativos, para torná-los submissos e apáticos. Era um método do colonialismo. Agora, negros e árabes vendem drogas aos franceses. Muitos consumidores marcam presença, comprando cocaína, haxixe, maconha e pedras de crack. Quem sabe é esta a nova espiral turística.

Guerra é guerra

No tempo do saudoso O *Pasquim*, o cara para ser válido, lúcido e inserido no contexto precisava andar com o jornalzinho (a turma me perdoe pelo diminutivo) debaixo do braço. Se o jornaleco (outra denominação inventada pela turma) estava em baixa, vendendo pouco, tascavam uma briguinha entre paulistas e cariocas, disputas que nunca deram em tapas, mas ajudavam a incrementar as tiragens. Pensei nesse dia de Quarta-Feira de Cinzas, sem nenhuma ressaca, que já está no tempo de Pernambuco e Bahia, ou se preferirem Recife e Salvador, oficializarem a disputa pelo título de melhor Carnaval brasileiro. Eu, claro, torço pelo Recife. E lá vai a primeira de Antônio Maria:

> Sou do Recife com orgulho e com saudade
> Sou do Recife com vontade de chorar
> O rio passa levando barcaças pro alto do mar
> Em mim não passa essa vontade de chorar...

Seria uma guerrinha dionisíaca, de confetes e serpentinas, sem mortos nem feridos, nada semelhante à Revolução de 1817, feita pelos pernambucanos na companhia de gente da Paraíba, Rio Grande do Norte, Alagoas e Ceará, em que os baianos entraram de traidores e meteram chumbo nos revolucionários. Mais para marcha junina e carnavalesca de Moraes Moreira:

... bombas na guerra-magia
ninguém matava, ninguém morria
nas trincheiras da alegria o que explodia era o amor...

A praça Castro Alves pode até ser do povo, mas do povo mesmo é o Carnaval do Recife, onde ninguém paga ingresso para brincar. E como se brinca desde a virada do ano! Da Zona da Mata Norte, chegam os insurgentes caboclos de lança dos maracatus rurais. As lanças cobertas de fitas se elevam no meio dos canaviais como o pendão das canas, brincantes ressuscitados que as moendas dos engenhos e usinas não conseguiram triturar. E os mestres puxam as loas e os chocalhos badalam, badalam, badalam...

É da estrela da tarde
Meu maracatu guerreiro
É da noite, é do dia
É do povo brasileiro

E mais adiante, bem mais adiante, o batuque virado das nações dos maracatus negros, e um pouquinho depois deles Chico Science e a Nação Zumbi da lama ao caos. Sem dono, anônimo e com títulos, coletivo e pessoal, caboclinhos, tribos, clubes, blocos, troças, la ursa, bois, burrinhas, escolas de samba, afoxés, o diabo a quatro e os bêbados que nunca conseguem fazer um quatro, aí que eu quero ver, é o Carnaval do Recife, de Pernambuco. Acham pouco? Eu Acho é Pouco!, o nome de mais um de mil blocos.

Felinto, Pedro Salgado, Guilherme, Fenelon
Cadê teus blocos famosos?
Bloco das Flores, Andaluzas, Pirilampos
Apôs-Fum
Dos carnavais saudosos...

E nas altas madrugadas da Quarta-Feira de Cinzas, quando alguns brincantes entoam as marchas de Nelson Ferreira, Edgard Moraes e Getúlio Cavalcanti, em pontos diversos da cidade ainda se brinca de ser diverso. E enquanto não sai O Bacalhau do Batata, lá no Alto da Sé de Olinda, na praça do Marco Zero as orquestras e os coros teimam em afirmar:

É lindo ver o dia amanhecer
Com violões e pastorinhas mil
Dizendo bem que o Recife tem
O carnaval melhor do meu Brasil

Neymar e o adolescente catatônico

O paciente de quinze anos, que se internou para tratamento de esquizofrenia catatônica, usava cabelo moicano igual ao do jogador Neymar. Boa parte dos jovens brasileiros, sobretudo das classes mais pobres, usa esse corte de cabelo. Imagino que todos desejem parecer com o atleta bem-sucedido e ter direito aos mesmos bens de consumo. Quem não gostaria de possuir um barco de quinze milhões aos vinte anos? O barco, o glamour e as namoradas?

No hospital psiquiátrico de rede pública, o único que atende adolescentes, o rapazinho permaneceu dias sem aceitar alimentos, sem falar e sem abrir os olhos. Seguiu-se o protocolo: sonda nasoenteral com dieta assistida, medicação e fisioterapia. Alguém da enfermagem cortou o topete moicano do enfermo, sem consultá-lo.

O paciente e Neymar têm uma história em comum: ambos começaram a trabalhar cedo. Mas diferem no alcance dos seus esforços, no sucesso a que chegaram. Francisco — vou chamá-lo assim — trabalha na agricultura desde os doze anos e cursa o primeiro ano do ensino médio. É o mais velho e precisa ajudar a família de oito irmãos, um deles ainda por nascer. A mãe tem deficiência mental e acusa o marido de preguiçoso. Os onze membros dessa família brasileira se incluem entre os cinco milhões que vivem abaixo da linha da pobreza, melhor dizendo, na miséria.

Francisco conhece a fome desde o tempo em que dormia dentro da barriga da mãe. No dia em que se desconectou do mundo, ele chegou em casa e não havia o que comer. Foi numa venda, comprou mortadela, pão e um refrigerante barato, deixou o farnel sobre a mesa, enquanto lavava as mãos e os pés. Na sua ausência, os irmãos mais famintos devoraram tudo. Quando descobriu o acontecido, a única reação de Francisco foi sentar num tamborete, fechar os olhos e não falar mais.

Deitado na cama hospitalar, com a sonda no nariz e uma fralda descartável, o topete moicano sobressaía na figura franzina, morena, em que o sangue negro, índio e alguma parcela branca se misturaram ao longo de quinhentos anos. Que gosto motivou o rapazinho a cortar o cabelo dessa maneira, imitando um ídolo de futebol? Vivendo em Lagoa dos Gatos, um município dos cafundós brasileiros, que só tem de gloriosa a história da Guerra dos Cabanos, quando serviu de refúgio aos revoltosos, Francisco não ficou imune à febre de adoração ao jogador de carreira meteórica, que trabalhou cedo e enriqueceu da noite para o dia.

Durante o internamento de Francisco, foi questionado ele trabalhar para o sustento da família. Terá escapado aos fiscais do Programa de Erradicação do Trabalho Infantil? Neymar também escapou ou existem regras especiais para as crianças que começam a treinar cedo nos clubes? E para os atores mirins das novelas de televisão e as crianças inseridas no mercado de propaganda, quais são as regras?

Francisco com certeza preferiria correr atrás de uma bola de futebol, ou apenas brincar com os meninos da sua idade, mas o trabalho na roça entra na sua vida como único recurso de escapar à fome. Francisco não é Neymar. No máximo, copia o cabelo e sonha o impossível.

Não quero ver porque dói

O paciente Davi, internado no serviço de adolescentes psiquiátricos num hospital público, usa drogas desde os oito anos. Maconha, cola, vários tipos de comprimidos, álcool e crack. Davi é o nome fictício de um rapaz de dezesseis anos, mas a sua existência não tem nada ficcional, é irremediável como o crack.

Apesar da abstenção e dos remédios que o psiquiatra prescreve, Davi mantém o raciocínio, certa consciência de risco e alguns afetos preservados. Encho o prontuário de evolução com sua crônica de vida tão diferente da minha.

Davi não é um caso comum. Habitualmente, os usuários de crack chegam com deterioração mental grave, e não vislumbramos chance de melhora. Alguns não emergem do delírio e ficam numa zona de ruptura, condenados à demência para o resto da vida. Só recentemente Davi começou a delirar. Antes, suas falas impressionavam por uma trágica lucidez, restos de ética e moral e alguns sonhos antigos.

— Como você quebrou esse dente?

Ele demora a responder.

— Fui num baile com minha boyzinha. Um amigo chegou com

o namorado dele, eu estava bêbado e beijei o cara. Meu amigo ficou com ciúme, me empurrou e eu caí.

— E sua namorada? Você também gosta de rapazes?

— Saí com uns caras. Eles me davam dinheiro e compravam as coisas pra mim. Deixei. Tava ficando enrolado na cabeça, nem sabia mais se era homem. Agora só quero curtir mulher.

Outro paciente usuário de crack, Jônatas, também de dezesseis anos, delira sem melhora, desde o internamento. Expressa seus afetos homoeróticos despindo a roupa, masturbando-se na frente das pessoas e tentando manter relações sexuais com os companheiros. Alguns reagem agressivamente, precisam ser vigiados para evitar violência. É bem sutil, quase miasmática, a passagem dos sintomas mentais para as drogas, e o inverso.

Davi me lembra a biografia do diretor francês François Truffaut, preso num reformatório juvenil e salvo graças à intervenção do cineasta André Bazin, que o colocou no caminho do cinema. Cada história é uma história, e não tenho nenhuma fantasia de que vou transformar Davi num cineasta. Nem sei como ajudá-lo. Apenas percebo os indícios de alguém que pode se recuperar. Mas no Brasil a instituição psiquiátrica para adolescentes cumpre uma função meramente carcerária, não é terapêutica, nem ressocializante. O serviço social, a terapia ocupacional e a psicologia quase nada fazem. O psiquiatra limita-se a substituir drogas ilícitas por drogas lícitas. O clínico trata apenas sintomas clínicos. Fazemos parte de um serviço fragmentado, esquizofrênico como os usuários que buscam ajuda.

Os menores com sintomas mentais, mas que também são infratores, ficam sob custódia da polícia, o que reforça o aspecto carcerário do hospital. Jâmisson, de dezessete anos, veio de Petrolândia, vendia drogas na sua cidade, assaltou uma agência dos correios e ficou uma semana fechado num motel com várias garotas, consumindo e fazendo baderna. Preso numa unidade ressocializadora, entrou em surto e veio parar na clínica psiquiátrica. Ficou junto com os deficitários, psicóticos e dependentes. A convivência entre usuários e bandidos contribui para criminalizar a droga e confunde os papéis dos agentes de saúde com o dos agentes carcerários. Grades, algemas e medicamentos se misturam num perigoso coquetel. O médico busca o espaço terapêutico e descobre que foi transformado em prisão.

Distantes dessa realidade, deputados das bancadas da "Bala" e da "Bíblia", e outros de siglas diferentes, tentaram aprovar a redução da maioridade penal de dezoito para dezesseis anos. Felizmente foram derrotados. Gostaria que esses senhores vivessem num hospital psiquiátrico para adolescentes, ou ficassem internados por algum tempo nas emergências. Talvez eles compreendessem que a antecipação em dois anos do encarceramento não irá resolver o problema da violência no Brasil. Ela é real. As unidades socioeducativas brasileiras já cumprem função carcerária, são presídios disfarçados por siglas.

Sentado no posto de enfermagem, contemplo os garotos se moverem de um lado para o outro, sem nenhuma ocupação. Choveu, vaza água do teto, faltam lençóis nas camas e não chegaram mudas de roupa para o banho. Os rapazes caminham sem rumo porque essa é a única atividade física possível naquele espaço. Os mais chapados se deitam e dormem o sono dos neurolépticos. É desesperador.

Davi e Jônatas se esbarram do outro lado das grades e se olham. Davi arruma com extrema delicadeza as sobrancelhas de Jônatas. Jônatas abraça Davi com ternura.

O desfecho da cena foge ao meu campo de visão.

A carne vai e todos seguem atrás dela

Quando eu tinha cinco anos, vi o diabo em carne e osso. Não era propriamente o malino, o satanás, o fute, mas um homem comum, que nem chamaria a atenção se não usasse uma capa vermelha e preta, um rabo comprido e chifres. Eu acabara de chegar ao Crato, vindo dos Inhamuns, onde as notícias do Carnaval eram remotas. Meu pai sintonizava a Rádio Clube de Pernambuco, num aparelho Philips comprado por uma fortuna, que causou verdadeira revolução entre os sertanejos acostumados a escutar aboios, toques de viola e sanfona. O silêncio a que estávamos habituados desaparecia no meio de marchas de blocos e frevos-canção.

O rádio fabuloso era alimentado por uma bateria de carro e, graças ao engenho do meu pai, o mundo entrou porta adentro na nossa casa situada bem longe dos centros urbanos. Um desassossego para minha mãe, que precisava servir café e dar atenção às visitas, chegando toda noite para conhecer a geringonça falante. Temerosas, elas olhavam a invenção lá de fora do terreiro, espreitando com medo. O corpo, a ponto de correr e sumir nas estradas, esperava apenas algum sinal de alarme, um barulho estranho, o pipoco da máquina. Perguntavam como era possível caber tanta gente numa caixa tão pequena e qual o tamanho das pessoas espremidas ali dentro. Espalharam o boato de que ninguém mais podia falar mal do meu pai, porque ele ouvia tudo no rádio. Boato que o deixou com as orelhas sem coçar, enquanto habitamos naquele deserto.

O homem fantasiado de tinhoso, cheirando lança-perfume e dando voltas numa pracinha, só assustava os meninos matutos. Meu imaginário ainda não havia elaborado o Carnaval que aprendi a amar depois, com os excessos de um mundo de cabeça para baixo. O diabo se desenhava igualzinho ao que aparecia nas representações do arcanjo são Miguel, visto nas igrejas e paredes das famílias piedosas. Ao lado de um confessionário da catedral, duas estampas me arrepiaram na primeira vez em que as contemplei. A primeira representava a boa morte: um enfermo sereno, cercado da família e de anjos que aguardavam para levá-lo ao céu. A segunda era a morte de um pecador, com os familiares aos prantos, o moribundo de rosto contorcido, demônios tentando arrastá-lo às profundezas do inferno, enquanto anjos frágeis faziam força para subtraí-lo às garras diabólicas.

O encontro inesperado com o cramulhão botou minhas sinapses neuronais para funcionar e elas entraram em pane. Continuei sem compreender o que se passara comigo. Não tinha nenhum espelho por perto, mas acredito que saiu fumaça pelos meus ouvidos e nariz, o que poderia significar que eu fora contaminado. Pelos poderes de Lúcifer? Não, pelo Carnaval, o que dá no mesmo.

O menino que nunca vira uma Festa de Momo, apenas escutara acordes de marchas recifenses falando de nomes esquisitos como Felinto, Pedro Salgado, Guilherme e Fenelon, batia de cara com o treloso sem nenhum aviso, como se ele tivesse escapado de uma encruzilhada. As informações davam nó dentro da cabeça, e eu buscava compreender como o azarado, que me ensinaram a temer e odiar, de repente se tornava bonzinho, palhaço, dando pinotes e correndo atrás da meninada. Meu pai até me contara a história de um cantador que venceu o cujo numa peleja de viola. Por conta de que desordem o moço estava ali em unhas e dentes e não carregava ninguém para o inferno, não se danava com as almas pecadoras? Enquanto a Igreja católica esperava a Quarta-Feira de Cinzas para vestir o roxo da Quaresma, guardar jejum e abstinência de carne durante quarenta dias, os endemoniados se entregavam à esbórnia, na festa em que vale comer carne, muita carne, de todos os modos, crua e cozida. O diabo do imaginário cristão, como se tivesse saído do cortejo de algum Dioniso ou Baco, brincava nos seus três dias. E eu não compreendia de que maneira o mais odiado personagem da mitologia cristã, o Satanás, virava palhaço, botando as unhas de fora sem arranhar ninguém.

Amei o Carnaval desde esse encontro, pelo absurdo nele representado. Amo um carnaval que não tem nada a ver com o frenesi compulsivo em que o transformaram, um carnaval que não cumpre pautas de desfiles, não pertence a nenhuma instituição, nem faz girar a máquina caça-níqueis do turismo a serviço de estados, prefeituras e emissoras de televisão. Uma festa com o Demo reinando solto e confundindo a ordem estabelecida do mundo.

Só os nomes fazem sonhar

Em Buritizal, as pessoas guardam pouca memória do buriti. Ninguém como Guimarães Rosa que lembre os cocos escamosos da palmeira alta, o amarelo chegado a ferrugem da polpa do fruto, o cheiro forte da massa transformada em doce. Buritizal fica a poucos quilômetros das Minas Gerais de Rosa, por quase nada é uma cidadezinha de São Paulo. O nome veio dos coqueiros-buritis, que povoavam os gerais de Minas, as margens do Velho Chico, as terras férteis e alagadas de vários recantos do Brasil. O batismo transformou-se em memória apagada, que apenas faz sonhar como os engenhos da cidade de Palmares, onde nasceu o poeta Ascenso Ferreira:

Dos engenhos de minha terra
Só os nomes fazem sonhar:
— Esperança!
— Estrela-d'Alva!
— Flor do Bosque!
— Bom Mirar!

Atravesso quilômetros de canaviais até chegar a Buritizal, onde sou acolhido com afeto por pessoas da cidade, que não perderam o encanto das palmeiras desconhecidas. Estou percorrendo a região em torno de Ribeirão Preto, na Viagem Literária promovida pela Secretaria de Cultura do Estado. A onipresença da cana, o verde obsessivamente repetido, a ausência alarmante das antigas florestas e culturas agrárias, a falta de árvores até mesmo nas margens que despencam nos rios me constrangem e apavoram. O deserto ondulante de folhas verdes lembra o deserto de areia em movimento. Reina o mesmo silêncio, a mesma extensão monótona de paisagem até perder de vista, o mesmo luto pelos bilhões de seres animais e vegetais, invisíveis ou de grande porte, sacrificados em nome do progresso. Sinto-me apavorado percorrendo as estradas perfeitas, enxergando a morte nos acenos da cana, cruzando com caminhões carregados para as usinas, aspirando etanol queimado no motor do carro que me conduz a Buritizal.

Numa tarde em que o sol se põe às cinco e meia, só consigo repetir os versos que falam de engenhos cujos nomes faziam sonhar, já que a dura realidade dos homens que trabalhavam neles provocava apenas tristeza.

Sou bem acolhido em Buritizal e a minha angústia se dissipa. Professores, diretores de escolas, alunos, bibliotecária, pessoas da região e autoridades vieram me escutar falando de livros, dos que escrevi e dos que outros escreveram. É uma conversa simples, começada em torno de uma mesa de banquete e que se estende para o lado de fora, num salão com muita gente. Lembro as debulhas de milho e feijão de minha terra, quando as pessoas contavam histórias, cantavam e liam versos até não restarem bajes e espigas por debulhar. Recordo a condição para essas noitadas: ... tinha de estar presente/ quem por ter boa memória/ boa voz, bons sentimentos/ soubesse contar história, como escreveu o poeta Assis Lima.

    Emendo uma narrativa noutra, distraio o meu auditório e vejo num recorte de céu a lua crescente já bem alta. É tempo de ir embora. As pessoas me convidam para ficar, sinto vontade de retardar-me uns dias, descobrir onde se esconderam os buritizais, ensinar como se retira a polpa dos buritis e se faz o doce. Porém no dia seguinte duas novas cidades me esperam. Elas também me reservam surpresas. A paisagem humana de Buritizal amenizou a dura memória da cana. Ganho um vaso com orquídeas amarelas, uma pera que devoro no caminho e o convite para retornar breve.

O café esfriou na xícara

Quase ninguém recorda quem foi Izabel Virgínia. O nome dessa senhora e os acontecimentos que faziam do Crato a cidade mais importante depois da capital Fortaleza dormem no esquecimento, como os peixes fósseis sob camadas de calcário do antigo oceano. A memória já não possui tanto prestígio como na Antiguidade, e é preferível armazená-la nos computadores.

Izabel Virgínia, uma mulher negra que parecia estacionada nos sessenta anos, era dona de um café frequentado por políticos e intelectuais da cidade. É claro que o estabelecimento não se comparava ao Café Savoy de Praga, onde Franz Kafka costumava passar os finais de tarde. Nenhum dos nossos intelectuais se destacou no cenário mundial, e os políticos não ficaram conhecidos além das fronteiras do Cariri. Mas Izabel Virgínia, para glória dos homens, fazia um doce de leite divino e uma pamonha cozida em folha de bananeira, que era um invento supremo da culinária.

O café ficava numa das ruas principais da cidade, próximo aos cinemas Moderno e Cassino, na casa que servia de morada e ponto comercial, com duas águas, um pé-direito acima dos oito metros, no estilo porta e janela com sacadas, piso de tijolos e um corredor comprido, atravessando da sala de visitas à cozinha. As mesas toscas, com bancos ou cadeiras de assento de couro de boi, nada tinham de confortáveis. Tudo modesto e sem brilho, despojado como a cozinheira, que na maioria das vezes não recebia pagamento dos fregueses importantes.

Quem vinha pela calçada ouvia as discussões dos coronéis e políticos, homens em roupa de linho e chapéu, fumando cigarro ou charuto. Não lembro uma única mulher sentada em volta daquelas mesas, onde se decidia o destino local. Bares e cafés, no Nordeste do Brasil, ainda não eram lugares recomendáveis às mulheres de respeito. Izabel Virgínia, uma negra que certamente guardava memória de avôs escravos, sentia prazer em servir à clientela ilustre que costumava deixar a conta na pendura. Talvez por isso ela fosse pobre e endividada, com fama de caloteira por não pagar o açúcar, o milho-verde e o leite comprados para os doces e pamonhas, que engordavam os ricos mau pagadores.

Izabel Virgínia morreu, uma sobrinha assumiu o negócio, mas parou de servir café aos fregueses, que certamente também morreram. Pouco tempo depois ela também desapareceu da cena culinária. A região ganhou universidades, fecharam-se os cinemas e pontos de encontro de intelectuais. O lugar ganhou o epíteto de "Cidade da Cultura", embora seja difícil estabelecer a que se refere.

A cultura agrária entrou em decadência, apagaram-se as fornalhas de dezenas de engenhos de rapadura. A cultura arquitetônica, os casarios revestidos de azulejos portugueses e ruas calçadas de paralelepípedos e pedras deram lugar às fachadas cerâmicas e metálicas, de gosto suspeito, com enormes letreiros e placas, numa poluição visual escandalosa. Asfaltadas e invadidas por carros e motos, as ruas tornaram-se barulhentas e feias.

A cultura musical é a das bandas de forró brega. E a culinária das doceiras e quituteiras como Izabel Virgínia parece envergonhada dos sabores locais. Quando Gilberto Freyre retornou ao Brasil, depois de temporada numa universidade americana, deparou-se com o Manifesto Modernista. Atacou-o por sentir que nele faltava respeito à tradição, sendo acusado de conservador. Do Manifesto Regionalista para cá, não foram apenas o café e o doce de leite de Izabel Virgínia que deixaram de existir.

O bobo que mora em nós

Você acha que os bobos só falam disparates e nunca devemos considerar suas observações? Que é melhor obedecer à regra: a palavras loucas ouvidos moucos? Se você acredita que apenas os homens sérios conhecem verdades e agem com discernimento, precisa rever a literatura e as histórias de tradição oral, onde bobos e loucos proferem sabedorias, montam estratégias e abrem os olhos dos aparentemente lúcidos. Aos racionais escapa a dimensão do que é perturbador e inacabado, o mais instigante da experiência humana. O que sobra nos bobos. Chamar a atenção para a verdade e desmascarar o falso por meio de brincadeiras e absurdos não é tarefa simples. Há quem prefira continuar na cegueira. Por isso os bobos caíam na desgraça dos seus patrões e da corte de bajuladores que os cercavam.

Não sei se você gostaria de ter um bobo dentro de si, debochando de suas mancadas e questionando seus acertos. Os bobos brincam com tudo, parecendo não levar nada a sério, ao contrário do Grilo Falante, aquele personagem da história de Pinóquio que enchia o juízo do menino de bons conselhos. A sabedoria dos bobos provém da intuição.

Carl Jung identificou quatro funções psicológicas fundamentais: pensamento, sentimento, sensação e intuição. Segundo ele, tocam ao pensamento e ao sentimento julgar e decidir. O intuitivo fareja possibilidades futuras e dá palpites, atua com os guardados do inconsciente. O bobo da corte seria um intuitivo. O problema é que nunca damos ouvido a essa voz quase sobrenatural. Somos lógicos demais, cultivamos a razão como legado dos tempos modernos. Os bobos sofrem o mesmo descrédito de uma personagem da guerra entre gregos e troianos, Cassandra, a filha do rei Príamo de Troia. Ela adivinhava o futuro, mas estava condenada por uma maldição. Ninguém levava a sério o que dizia. Aposto que você já presenciou conversas em que as pessoas comentam: "Não sei por que agi assim. Eu tinha uma voz lá dentro, insistindo para eu não fazer dessa maneira, mas sou teimoso e nunca escuto essa voz. Aí me dei mal".

Os bobos sempre simbolizaram as vozes reprimidas dos mais fracos. Serviram de motivo para o teatro, a literatura e o cinema. Dom Quixote, o cavaleiro da triste figura, criado por Miguel de Cervantes, andava com um escudeiro apalermado, Sancho Pança, que muitas vezes tomava decisões no lugar de seu senhor. Na commedia dell'arte, os patrões tratam os criados como se eles não possuíssem inteligência, mas na verdade são bem espertos, movimentam o enredo e encontram soluções para todas as enrascadas dos casais enamorados. Porém a trama mais bem elaborada sobre a relação de um rei com o seu bobo está na peça *Rei Lear*, de William Shakespeare.

Lear decide repartir o reino com suas três filhas, pois se sente velho e cansado. Escolhe morar quatro meses do ano no castelo de cada princesa. A decisão parece insensata ao seu bobo e aos nobres fiéis. Lear usa um critério arbitrário para dividir a herança:

pede a cada filha que revele o quanto o ama. As duas filhas mais velhas se desdobram em afirmações amorosas. Cordélia, a mais jovem, não consegue falar do seu amor porque ele é mais rico do que sua língua é capaz de expressar.

Essa modéstia enfurece o rei, que expulsa Cordélia de casa. Porém, muito cedo, ele irá conhecer a ingratidão das filhas que juravam amá-lo. Elas o desprezam e tramam sua ruína. Vagando sem pouso e na miséria, o rei enlouquece, e o seu bobo é quem o ampara e o traz à razão: "Estou melhor agora do que tu. Sou bobo e tu nada és" — ele diz.

Faltou intuição a Lear. Se ouvisse os disparates do bobo, alertando-o de que o cérebro não fica nos calcanhares, não teria feito asneiras. Mas se desconfia do que não parece lógico, teme-se a revelação de natureza inconsciente. O bobo e o rei trocam seus papéis, a razão enlouquece e a loucura adquire lógica.

As nossas quatro funções não são estáticas, se alternam, crescem ou diminuem. É preciso ficar alerta. Dentro de um rei mora um bobo. E vice-versa.

Adeus, Guita Charifker

Abandonei a sala antes de projetarem as imagens de cachoeiras, vales, lagos, despenhadeiros e campos floridos, com frases sobre o bem e a eternidade. O mesmo repertório de outras despedidas, a música *New Age*, as pétalas de rosas caindo do alto, enquanto o ataúde era engolido para dentro de um espaço obscuro. Imaginei a morta sentada numa poltrona na primeira fila do velório, olhando a cena com humor cáustico e reclamando.

— Por que não escolheram uma canção de Chico Buarque? Melhor se mostrassem minhas aquarelas, em vez dessas paisagens!

Guita Charifker morreu. Antes que ela virasse sonho eterno, já tinha largado a pintura havia mais de dez anos e, lentamente, como num crepúsculo boreal, a paixão pela vida. Fiel à sua rebeldia, exigiu ser cremada, contrariando as leis do povo judeu.

— Espalhem as cinzas no jardim de minha casa.

A casa do Amparo, em Olinda, que ela comprou e restaurou com a venda de desenhos e aquarelas. Ampla, alta, caiada de branco, dando para o quintal e os jardins, que tinham sido um horto botânico havia muitos anos. As portas e janelas se abriam para o mundo, acolhedoras às ideias arejadas e às pessoas amigas. Guita e a casa viraram uma mesma entidade generosa e desapegada.

— Entre, fique pro almoço. Joaninha fez um doce de banana com frutas do quintal.

(Joaninha, a servidora fiel, partiu um mês antes. Foi abrir a porta do céu e arrumá-lo.)

Guita fala por nada uma de suas frases habituais:

— É muita coisa acontecendo.

Muita, nos papéis espalhados sobre a mesa de trabalho e com os pincéis trazidos do Japão por alguém.

— Nem lembro quem trouxe, ando esquecida. Envelhecer é péssimo.

Acende um cigarro.

— Dizem que cigarro faz mal. Eu, hein? Uma coisa tão pequena fazer mal!

E logo em seguida:

— Só quero viver enquanto trabalhar. É chato depender dos outros.

Mostrava os pés de jasmim floridos.

No fundo do quintal, a cajazeira secular tombou.

Queixava-se das freiras de santa Gertrudes. Não sei o que elas fizeram, mas eram as culpadas, eu concordava.

— O pior é o calor. Sou judia de Olinda, a reencarnação de Branca Dias. Dizem que ela jogou as joias no rio do Prata. Minha avó perdia tudo o que usava. Um dia, eu saí pro Carnaval e, quando cheguei em casa, estava sem o anel de brilhante. Não sei quem arrancou do meu dedo.

Um presente do sogro joalheiro.

— Seu Samuel me deu muitas joias. Empenhei todas na Caixa do Rio de Janeiro e nunca fui buscar. Eu, hein? Não me acostumo ao calor. Minha família veio da Ucrânia, lá faz bastante frio.

O pai e a mãe chegaram da Europa Central, no porto do Recife, em 1915, fugindo aos pogroms, aos campos de concentração, ao holocausto. Guita nunca tinha certeza do local exato de origem. A geografia na Europa se redesenhou em sucessivas guerras, revoluções e anexações de territórios.

Rosa e Salomão Greiber parecem pequenos, numa foto com Guita e o filho mais novo. Há tanta beleza e harmonia no retrato, dói saber que os dois morreram cedo, vítimas de tuberculose.

O neto lê um necrológio em que lembra o ecumenismo da avó. Ela se declarava uma judia filha de Oxum, devota de santa Clara, simpatizante de religiões orientais.

— Que sua recusa a qualquer tipo de intolerância sirva de exemplo — proclama.

— Amém.

Às nossas costas, fecham as portas corrediças e ficamos trancados no cubículo. Vai ter início a solenidade de cremação.

Rememoro fotos de corpos amontoados em carroças, levados aos fornos crematórios. Não consigo não pensar nessas coisas. Lacan escreveu sobre os deslizamentos do inconsciente.

Fujo da sala claustrofóbica. Lá fora, a tarde se põe linda, alegre como as aquarelas de Guita. Viva a vida! Sempre. Ela diria bebendo o uísque, fumando um cigarro, abrindo a mapoteca onde guardava os trabalhos que escapavam às vendas e aos presentes.

— Escolha uma gravura para Avelina.

— Não, Guita.

— Eu quero dar.

Nas paredes da casa, desenhos minuciosos a bico de pena, figuras zoomórficas que o tempo e a umidade de Olinda escureciam.

— Você é desleixada, Guita. Não basta ser pintora, é preciso zelo, catalogar o que faz. Com quem está o que saiu da mapoteca? Quem anota o destino do que você pinta?

— Não nasci com vocação para burocrata. Sou uma artista. Que pintou no México; em Santa Tereza e na Urca, quando morou no Rio de Janeiro; em Taíba, no Ceará; na ilha de Fernando de Noronha; séries exuberantes no sítio Santa Clara, em Paulo de Frontin; muito em Olinda. E, bem mais tarde, na paisagem agreste de Chã Grande.

— Gosto desse ocre nas novas aquarelas.

Ela finge indiferença ao meu comentário. Respiramos as flores do jardim úmido. Há entre nós uma nostalgia lamuriosa. Conto pedrinhas recolhidas no quintal e nas viagens, arrumadas meticulosamente num batente do terraço. Uma ordem obsessiva. A mesa de trabalho se entulha de caixas vazias de chocolate, queijo, biscoitos... Parecem obedecer a um projeto. O mesmo do caixão de pinho, onde gravaram a estrela de davi, as iniciais do nome e o corpo descansa por último, lacrado, sem chance de ser visto novamente. Um costume judaico que aprecio.

— Já vou — grita a velha empregada Joana, no andar de cima.

— Até amanhã — responde Guita.

Os sabiás bebem água, escuto a porta bater, aceito um cigarro. Talvez seja o momento de ir embora. Contemplo a mulher com olhos sombreados de azul e batom rosa-claro nos lábios. Já não sei que tempo é esse, se ontem, hoje ou amanhã. Distraí-me. Ela fala que não tem vocação para o casamento e que não há mistério em pintar aquarelas, basta água, tinta e paciência. Sorrio e me pergunto quantas vezes escutei isso. Abraço a artista admirável, sinto a força de nossa amizade.

Lembro versos do poeta Assis Lima:

Cabe-nos o presente,
que, por sinal, já passou.

Despeço-me.
— Adeus, Guita, até quinta-feira.

As fadas do Natal cratense

As três irmãs do alfaiate Zé de Rita não foram revolucionárias como Bárbara de Alencar, nem beatas milagreiras, iguais a Maria de Araújo. Descobri o nome da irmã mais jovem — Rosa — perguntando a pessoas antigas. Um achado nebuloso, envolto em dúvidas. As outras duas — ou seria apenas mais uma? — se perderam da memória. Não ganharam nome de praça, nem verbete em enciclopédia, apenas um lugar no cemitério, situado numa encosta de morro. Quando chove forte e há cheias, os ossos rolam dos túmulos para as ruas da cidade. Parecem suplicar que não as esqueçam ou dizer que sentem-se cansadas do repouso eterno.

Pergunto quem eu seria, sem a presença na infância dessas fadas rudes, feiosas, meio bruxas, que me vendiam figos. Lembrava os versos de uma história assombrada: jardineiro do meu pai, não me corte os meus cabelos, minha mãe me penteava, minha madrasta me enterrou, pelos figos da figueira, que o passarinho picou. Eu deixava a sala de projeção do cinema Moderno, onde via filmes igualmente assombrosos, e dava de frente com a casa de porta e janela para a rua, um jardim lateral resguardado por muro alto e portão, onde cresciam a árvore e os frutos misteriosos, impregnados de lembranças do Oriente e das *Mil e uma noites*.

O que alimentava minha curiosidade e fantasia não eram os frutos carnudos e sensuais, colhidos pelas mãos calosas das três irmãs — ou seriam apenas duas? —, mas o que elas criavam ao longo de um ano, mantendo-me refém da casa. Todo ano, no 1º de dezembro, a morada da rua José Carvalho, que minha avó teimava em chamar pelo nome antigo de rua das Laranjeiras, escancarava a porta e as janelas da frente e expunha a miraculosa invenção das fiandeiras: um presépio parcialmente coberto de ramagens e trepadeiras, cercado de crótons, palmeiras, pés de jasmim e bogaris, tranças de cigana, avencas e roseiras. E sob essa gruta vegetal, que variava de tamanho dependendo dos recursos, da saúde e do tempo das parcas, via-se um presépio com a representação do imaginário popular sobre o nascimento do Menino Deus, acrescentado pelo delírio das velhinhas.

Os 37 dias em que as cenas do teatro imóvel ficavam expostas não eram suficientes para eu desvendar lugares sombreados, abismos, reentrâncias, abóbadas celestes, lagos, escarpas, cidades, pontes, danças pastoris e os mais extravagantes personagens dos mundos animal, vegetal e mineral.

No mês de dezembro, as paineiras que ocupavam um canteiro central ao longo da avenida Duque de Caxias — antiga Travessa da Liberdade — enchiam a cidade com a lã branca de seus frutos. O Crato parecia uma cidade nevada, sendo ainda mais bela. Os capuchos de lã, arrastados pelo vento, cobriam casas, altares de igrejas e as panelas nas cozinhas. Um prefeito mandou cortar as barrigudas, alegando que elas emporcalhavam tudo. Eu não compreendo por que os prefeitos, vereadores, donos de construtoras e empreiteiras vivem destruindo as cidades, trocando os nomes das ruas, tornando-as feias, sem passado e sem história.

As três irmãs, que fadas miraculosas! Nunca soube de onde tiravam os recursos para a confecção do presépio. Pareciam tão modestas, não recebiam aposentadoria e o mano alfaiate levava o copo à boca bem mais do que a mão à máquina de costura. Sustentavam-se com quase nada! Mesmo assim, ofereciam de graça o espetáculo exuberante aos moradores da cidade. Sentadas em cadeiras de palhinha, sorriam orgulhosas com o espanto dos espectadores. Passavam o dia pastorando as visitas, que deixavam moedas num pires de vidro. Não sei qual delas se ocupava com o fogão, nem se cozinhavam ou se comiam. Talvez não comessem e se alimentassem apenas do êxtase, da generosidade da criação.

 Com certeza, nenhuma delas ouviu falar na escritora dinamarquesa Karen Blixen, mas poderiam repetir a fala de um personagem. Na sua fraqueza e miopia, o homem acha que tem de fazer uma escolha na vida, e teme o risco que corre. Nós conhecemos o medo. Mas não, toda escolha é sem importância. Chegará a hora em que nossos olhos se abrirão e finalmente reconheceremos que a Graça não tem fim. É só esperar confiante para receber a gratidão. A Graça não exige nada. E tudo que escolhemos nos foi dado, e tudo de que desistimos nos foi concedido. Sim, teremos ainda de volta o que jogamos fora.

Para Avelina

ESTA OBRA FOI COMPOSTA PELA ABREU'S SYSTEM EM INES LIGHT
E IMPRESSA EM OFSETE PELA GRÁFICA BARTIRA SOBRE PAPEL PÓLEN SOFT
DA SUZANO S.A. PARA A EDITORA SCHWARCZ EM JANEIRO DE 2021

A marca FSC® é a garantia de que a madeira utilizada na fabricação do papel deste livro provém de florestas que foram gerenciadas de maneira ambientalmente correta, socialmente justa e economicamente viável, além de outras fontes de origem controlada.